一人で生きる勇気

ドロシー・ギルマン
柳沢由実子・訳

集英社文庫

本書は二〇〇三年五月、集英社より刊行されました。

一人で生きる勇気——目次

一人で生きる勇気

謝辞

わたしたちみんなに真に見ることを教えてくれた
画家で、作家で、編集者で、教育者のエドワード・シェントン*に
そして、もちろん〈イースト・タンブリル〉の地のすべての人々に

第一章　新たな国

主なる問題はいまや、死後に生があるか否かではなく、
誕生の後に生があるか否かである。
――アルベルト・セント＝ジェルジ博士（ノーベル賞受賞者）

これはカナダの南東端に位置するノヴァスコシア州の小さな漁村での暮らしについての物語である。また、女が一人で生きることについての話である。ソローは『ウォールデン　森の生活』の巻頭で、「もしこれほどよく知っている人間が他にいるなら、わたしは自分のことをこんなに書きはしないだろう」と言っているが、わたしはこの本で自分のことを書くわけではない。ほんとうの目的はそうではない。これは発見についての本である。わたしたちはみんな、だれもが蒐集家《しゅうしゅう》だ。一生を通して、歳月を集め、幻想を、生き方を、そしてなかんずく経験を集める。わたし

はなにを集めるかと聞かれたら、迷いなく答えられる。わたしがほしいものは、異なる種類の経験であると。

最初に迷いながらも決心したとき、わたしは疲れはてていた。いつ終わるともわからない、際限なく暴力が拡大していくベトナム戦争に（本書は、一九六〇年代前半から徐々に始まり、一九七五年に終結したアメリカとベトナムの戦争時に書かれている）。深刻なインフレに。都会の郊外で女手一つで家族を養う生活に——これはわたしには精神の緩慢《かんまん》な死に思えた。いつでも急いでいて、なにをするにも時間がない生活に。これらに加えて、まったく当然の不安があった。十年間自分一人で子ども二人を育ててきた末、下の息子がまもなく大学へ行くために家を離れようとしていた。わたしは初めて、世話をしなければならない対象を失った。自分の心一つと向き合わなければならなくなったのである。

ずっと昔、まだわたしがとても若かったころ、ある種のシナリオがあった。漠然としてはいたが、夢と希望と、若者の甘い思惑《おもわく》から育《はぐく》まれたものだった。それは、いつか作家になるという夢だった。そして、遠くへ行って冒険を味わい、森に小さな小屋を建ててハーブを植え、蜜蜂を養いたい、そう願った。

まったく甘い思惑だった。だれも信じないような話をいくつも熱心に書いた。とくに両親はまったく信じなかった。書くことを励ますよりも、やめるように勧めるほうが親切と思ったようだ。蜜蜂とハーブについては本で読むことができた。実際、何冊もの本を読んだ。子どものころ、毎年夏になると家族で滞在した湖の近くの森に、粗末な小屋が一つあった。わたしは来る年も来る年もその小屋を観察した。それがほしかった。しかしその小屋には老人が一人で住んでいて、その人は森から拾ってきた小枝に石油をかけて火をつけ、暖をとっていた。そしてある日、小屋もろとも焼け死んでしまった。遠くの場所については、紀行文などを集め、ベッドルームの壁という壁に地図をべたべた貼り出した。

わたしのシナリオになかったもの、それは結婚だった。人生がどういうものになるかまったくわからないうちに、それは起き、続いてわたしはだれも知らない遠い土地に送り込まれた。だれかの世話をしたいという切なる欲求は満たされたが、わたし自身のしたいことのほうは、鍵のかかったクローゼットの奥まったところに押し込まれた。いま思うと、わたしは甚《はなは》だ微力で、夢もまた同様に弱いものだった。

しかし若いときの思いは、変わりなくそのまま残っていた。その一つは、物語を書き、本を出したいということ。もう一つは、人はみな内面的に成長するもので、さもなければ死んでしまうというゆるぎない信念だった。わたしたちはみな生きるように定められていて、まっすぐな線ではなくとも上に向かう斜線を歩き、もしAという地点をスタートしたら、Zまでは行けなくとも、IかJまでは行けるのだという確信だった。これらは二つとも、わたしがまだ実行していないことだった。そしてとうとう、二人の子どもを連れて結婚に終止符を打つときがやってきた。よろめきながら、それまでまったく生きてこなかった、脆弱《ぜいじゃく》で、非常に不確かな、そしてとても不安な人生というものを、最初からやり直すことにしたのだ。

それに続く数年は成長のための時間だった。問題やストレスと闘い、リトル・リーグの応援をし、ディズニー映画を観、子どもたちといっしょにあるいは一人で旅行をし、そしてときどきあの暗いクローゼットをのぞき見た。そこにはかつてのわたし、夢見る小さな子どもがひっそりと座っていた。

わたしがその子どもだったころ、とても好きだった本の一つにジョン・クーパー・ポウイスの＊『孤独の哲学』がある。九歳か十歳のとき図書館で見つけたその本は、すでに古本だった。わたしはその本を最後まで読んだ記憶がない。内容が理解できたとも思えない。だが、わたしの中でなにかが、まだそんなに小さかったにもかかわらず、人は一人で生まれ一人で死んでいくのだから、一人でいること――孤独――とどうつきあうか学んでおくほうがいいと囁《ささや》いたのにちがいない。わたしがちらっとだけ見たその本は、どこか知らない国の地図のようだった。だが、わたしには、そこが豊かな動植物であふれ、危険な峡谷や絶壁、そしてもちろん深い淵がいっぱいあるところだとわかった。わたしはそのころすでに、深い淵のいくつかを知っていた。のちに結婚を解消したころに受けたセラピーで、子どものころ親から十分に認められなかったことや、安定を求めるがあまり安易に避難所に逃げ込む性格は子ども時代に起因する、と指摘され、よく理解していた。不安感はちっとやそっとではなくならないものだ。

　わたしは長いこと遠くの土地にあこがれてきた。すでにかなりたくさんの外国の地を訪れていたが、そのどの地でも、わたしは不安感の襲来を受けてパニックに陥る経験を味わっていた。わたしの苦しみの原因、それはパウル・ティリッヒ*の言うところの〈非存在〉にあった。大きな虚無。近くの人がだれも気づかないうちに文字どおり無の中に消えてしまうこと。ティリッヒは偉大な作品『存在への勇気』でこのことについて書いているが、わたしは自分の〈存在〉にこだわりたかった。やっと、とうとう言うほうがいいかもしれないが、自分自身をかまいたかった。つっかい棒なしで。裸でただ一人、掛け値なしの自分を。

それでわたしはノヴァスコシアを選んだ。なぜかわからない。いままで一度も訪ねたことのない土地だった。しかし異なる国、もっと優しい国だった。アメリカ合衆国から飛行機か船で行き来できたし、海辺の土地を、アメリカの十分の一の値段で手に入れることができた。そこに移り住む前、いまから二年前のことだが、息子二人とわたしの目に見えたのは、灯台に臨む十エーカーの海辺の土地と、浴室もない六つの小さな部屋からなる古い家で、すべてで一万五百ドルだった。

二年後の九月、下の息子のジョナサンが大学に入学して家を離れた一週間後、わたしはその古い家に移り住んだ。半分朽ちていた家は、食糧貯蔵室だったところを浴室に改装し、六つの暗い部屋は燦々《さんさん》と日が差し込む二つの大きな部屋に作りなおした。わたしはこの新しい生活のためのパスポートは持っていなかったが、ハーブ栽培と有機野菜の栽培に関する本を数冊持ってきた。村のクラレンス・アミーロが二か月前に掘削機《バックホー》で耕しておいてくれた小さな畑があった。そしてわたしは名前のない病気、ぴったりした名前が見つかるまでとりあえず文明症候群とか社会恐怖症とか呼んでおくことにするその病気から恢復したいと強く望んで、その土地に移り住んだのである。

第二章　始まり

一万五百ドルで、わたしは土地権利証書の表現によれば〝およそ〟十エーカーの土地といっしょに、岩、シダ、野生のブルーベリーとブラックベリーとラズベリー、野生のイチゲサクラソウと無数の野の花、そして秋になると海辺の近くに赤い宝石のように輝くクランベリーを手に入れた。十エーカーの中には、道路近くの大きな納屋と、敷地内の長い車寄せの道《ドライブウェイ》の突き当たりにある百二十五年前に建てられた古い家が含まれていた。家の裏手にまわると、土地は海に向かってなだらかな長い斜面になる――いや、海辺から海藻を手押し車に積んで運ぶときは、決してなだらかな斜面には感じられないが。斜面にはまず野生のゼニアオイのやぶがあり、それを通り越すとイチゲサクラソウと野生のアイリス、次に来るのがシダの一帯、その後がクランベリーの実のなるコケの生えた湿地、それを過ぎると突然海辺に出るのだ。

わたしの土地の海辺は美しくて自然そのままの、野性的なものだ。洗練とはまったく無縁だった。大石があって、それも表面の粗《あら》い、無骨な大石で、その上に登って遠くをながめることができた。水底は小石で、ところどころに海水に洗われてなめらかになった平らな岩が突き出ているのが見える。そして小石の間からは海藻が生え出ていた。海辺は小さな入り江で、静かな池のようになっていた。ひっそりとした避難所のような水たまりは、引き潮のときにくぼみに残された水で、平らな緑の玉突き台のように見えた。しかし、わたしの土地の境界線の向こう側、向かって左側の海岸は、突然大きく曲がって海に開ける。わたしの土地の入り江の先に、長く曲線を描いた指のような形が見える。そこには灯台がある。かつてこの木造の灯台には灯台守が住んでいたが、いまでは電気で制御されていて、その管理はコンピューターと、この付近の家に住む二人の灯台守によっておこなわれていた。灯台の向こうは港で、そこはロブスター漁《りょう》のシーズンにはたくさんの船が浮かぶ。そしてさらにその向こうには大海原があった。

そういうわけで、家の片側、西向きの側からは、いつも灯台と港、そして海が見えた。太陽は毎夕、灯台の背後に沈む。静かな入り江に色とりどりの帯を描いて。わたしの部屋の壁には灯台の光が決まった間隔で差し込む。そして霧のときは、霧笛が鳴り響く。いや、吠える。いや、悲しみ嘆く。それも風の向きや空気の澄み具合によって毎回音色がちがうのだ。

北の窓からわたしはハンノキとブルーベリーの茂る野原を見渡す。そして村でただ一つの鉄道のレールを。一日に一回、小さな列車がそこを通って荷物や食糧を村に運んでくるのだ。

東側の窓からはハイウェイが見える。それに二軒の隣家とその窓に灯される光も。ニクソン家とクローウェル家だ。一方、家の南側には庭と井戸と畑があり、二人の灯台守が住む同じ造りの家が、ライトハウス・ロード（灯台通り）沿いに二軒並んでいる。

土地の値段にはいろいろなものが含まれていた。わたしは実際、小宇宙に先取特権を得たのだった。そしてこの宇宙に、わたしは本や衣類や家具の他にも都会の郊外的偏狭な考え方を持ち込んだ。そして、全体的に考えなければならなかったときに、個別的なことに猛烈なアタックを試みたのである。取るに足らないことにやたらにこだわったのだ。わたしがその家に移り住んだのは九月の初めだった。しかし、わたしはその翌年に植えるつもりでいたハーブのための畑を用意することに取り憑《つ》かれた。町の木材屋まで片道五十キロもの道のりを出かけていって、高価な板を買い、それを芸術的な形に切って釘打ちして、翌年のためのプラントボックスを作ったのである。信じられないほど愚かなことをしたものだ。ちょっと灯台まで歩けば、ファービーチの海岸には使える流木がごろごろ転がっている、いくらでもほしいだけ手に入るのだとは、まったく気がつかなかった。木樽もロブスター用の蓋《ふた》付きの木箱も、その気なら家一軒建てられるほどふんだんに海辺に打ち上げられていた。目隠し《ブラインダー》をつけられた馬のように、わたしはその景色を遠くから見て賞賛してはいたのだが、そこにあるものとなんの関わりももたなかった。わたしは自分の作ったリストばかり気にしていた。外のデッキにペンキを塗ること、畑の肥料用に海藻を運んでくること、ハンガーボード、釘、移植ごてを買うこと、カーテンを吊《つる》すこと、石油ランプに石油を入れること、干し草の束をどこかに運ぶこと……。最初の二か月、太陽が輝き、気温も穏やかで、畑に積み上げた海藻はどんどんかさが増え、そしてわたしのリストはますます長くなり、ますます仕事が増えていった。

そんなある日、わたしの中でなにかが動いた。朝食を作るため台所に入ったわたしの目に、窓の外の港とその向こうの海と、窓から斜めに差し込む朝の日差しが映った。わたしはそのまま足を止めずに台所のドアを開けて家の外に出た。そこにはやわらかい十月の朝の香りがただよっていた。

ノヴァスコシアの光には信じられないような輝きがある。天気のいい日の南地中海の日の光のような質で、わたしは思いがけないその光に思わず足を止めた。太陽はスモッグのない空気を通って地面まで届く。岩や水をきらきらと輝かせ、空を晴れ上がった青空に変え、水はそれを映してサファイアやコバルト色に反射する。これらすべてが五感に染み渡る。わたしは朝食のことも忘れて海岸へ通じる小道に分け入った。靴が朝露ですっかり濡れてしまった。立ち止まって、いったん引き返してブーツに履き替えようかとも思ったが、思い切って靴を脱ぎ、裸足で小道を歩き続けた。あたりのゼニアオイの葉はどれも夜露ですっかり濡れていたが、太陽の光を浴びて、まるで夜中に天から落ちてきた無数のダイヤモンドのように輝いていた。足の裏の草はまるで籐《とう》の茎のように固く、濡れていた。海岸に着いたころには、足が冷えきって痛いほどだった。わたしは大きな石の上に立ってしばらく足を温め、それから海岸を歩き出した。

引き潮どきだった。潮が引いた後の海岸には、小さな穴や割れ目に水たまりができ、さまざまな小生物の世界があった。タマキビガイが岩にくっつき、ミノウのような小魚が水たまりで泳ぎ、空っぽの二枚貝やムラサキガイの貝殻、長くて切れやすいケルプなどの海藻の帯が海辺に残されていた。空気は強い潮の香りがし、腐敗した肥料のような強烈な匂いが鼻を突いた。

戻ろうとしたとき、奇妙なことが起こった。早朝の太陽が海辺を明るく照らし出し、長い海岸沿いの岩々を浮かび上がらせていた。どの岩も厚く海藻で覆われていた。この早朝のやわらかい日差しと長い影のために、海辺に並んだ岩は、ぼさぼさ髪の奇想天外なカツラをかぶった人の頭のように見えた。一列に並んだ人々が取り澄ましで沖を見ているようにも、ひなたぼっこをしながら頭を寄せ合って人の噂《うわさ》をしている婦人たちが、しきりにうなずき合っているようにも見えた。

わたしは大声で笑い出した。

そして、朝日を浴びて、笑いながら海岸に立っていたそのとき、わたしは自分の中にある硬さを感じたのだった。さまざまな禁止ごと、臆病さ、そうすべきとかそうでなければならないとか、いろいろなスケジュールや日常のきまりごとや緊張が、樽をきつく締めつける鉄のたがのように感じられたのである。

それは突然のことだった。わたしは身がすくむ思いがした。しかしそれは、天の教えだった。

わたしは靴を履いて、小走りに斜面を駆け上がり、朝食をとるために台所に戻った。

これはほんの始まりだった。

第三章　ノヴァスコシアの村

ノヴァスコシア半島の村はそこだけが独立した世界のようだ。よそ目には、教会と雑貨店と郵便局のある道に沿って、家が数軒あるだけの平凡な村に見えるかもしれない。だが、そこには目に見えない、密度の濃い暮らしが存在し、深い共同体意識がある。

わたしの住んでいたその村をいまイースト・タンブリルと呼ぼう。イースト・タンブリルには、職業と呼ばれるものはほんの数種しか存在しない。牧師と大工と電気屋と郵便局長である。技能は親から子へ受け継がれるか自己流に身につけるもので、村の人々の生活に深く関わり、みんなが分かち合うものになっている。ある大工を例にとると、彼は村の外に働きに出ることはめったにない。仕事は父親に仕込まれ、いまは助手に仕事を教えている。たまたまそれは弟なのだが。弟はもしかすると大工を続けるかもしれないが、ロブスター漁師をしている別の兄の手伝いをして、その方向に進むかもしれない。これは家族、友情、あるいはその人が選ぶ技能に基づいた、永久的なジョブ・プール（共同利用のために仕事を蓄えておく場）になっているのである。クラレンスの場合、彼は村の重要な中心人物である。にもかかわらず、正確に彼の職業を定義するのはむずかしい。彼は土の上を動きまわる機械の持ち主だ。バックホー一台とトラック数台である。それに砂利採掘場をもっているし、村人の庭から石や岩を取り除く仕事をし、ときには自治体の仕事で道路工事もする。村人に薪《まき》を供給する人でもある。ときどきロブスター漁にも出かける。

畑を耕すとき、村の人はフランクの手を借りる。彼が畑を耕す仕事を引き受けるのは、ひとえに村が大切だからである。彼はミンク農場をもっている。最近では二千二百匹ものミンクを飼っているという。牛も二頭、それに大きな菜園がある。彼の手間賃はあまりにも安いので、支払うほうが恥ずかしくなるほどだ。せいぜいガス代程度の金額で、それも何度も言わなければ向こうから請求してくることはない。

「土がぬかるんでて、いい仕事ができなかった」と申しわけなさそうに言う。フランクにとって、いい仕事をすることはなによりも大切なのだ。

村の人間模様のもっとも鮮やかな織糸は、ロブスター漁業の男たちである。彼らは陸《おか》の生活をしている村人にドラマと興奮を与えてくれる。漁に出かけないとき、彼らはその才能を無駄遣いしない。漁の代わりに狩りに出かけるのだ。あるいは、戦士が休日を楽しむようにスノーモービルのレースに参加する。だが秋になると、冬に備えて樽いっぱい塩漬けが作れるように、近所の人々のためにニシンを運んでくる。ときには玄関口に樽いっぱいのロブスターを贈り物に置いていくこともある。漁師の暮らしは厳しい。そして彼らはそれを知っている。

わたしがそこに移り住んだ最初の年、隣村で七人の男が海で命を落としたことがあった。買ったばかりの十五メートルほどの中古トロール船を試すために、船主が六人の男を集めた。そして無線機の検査もそこそこに、港を出たのである。それっきり、その船を見た者も聞いた者もいなかった。数か月後、沿岸警備隊はとうとう、海上で事故があったにちがいないという結論を出した。また、ロブスター漁に使う大きな木製の罠《わな》かごが海に投げ込まれるとき、用心しないと男たちは海の底までいっしょに引っ張りこまれる。指や腕をもぎ取られる人もいる。ロブスター漁の罠かごは重い。さらに、海底まで早く着くようにかごには重石《おもし》がくくりつけられている。すばやく正確におこなわなければならない仕事だ。ロブスター漁船にはふつう、二人の男が一組になって乗り込んでいる。船主と駆け出し《ナビン》と呼ばれる助手だ。船もたいてい二隻一組で出港する。風が出てきてしけになったとき、あるいはエンジンの故障が起きたときに、助け合うためである。ロブスター漁船は湾内に留まって働く場合もあるが、たいていは三十キロも五十キロも沖に出る。風が変わって突然十メートル以上もの高波と闘わなければならなくなることもある。

トロール船は大きく、もっと遠くまで出かけるし、長期間の漁にも耐えられる。彼らの獲物はニシンだ。オードリーの義兄はトロール船をもっている。激しい嵐のとき、彼は三日間行方不明になった。陸へ無線通信で彼の行方を伝えてくれる者もいなかった。だが、遠くケープアイランドの人間が、彼のかすかな声を無線でキャッチした。無線のバッテリーが切れかかっているが、自分は無事で家《ホーム》に向かっているという声だった。その言葉は村から村へ、無線から無線へと伝えられ、彼の妻の元まで届いた。

このような共同体意識が村にあふれていて、生活の縦糸と横糸となっている。村人は深く根を下ろしている。村を離れる人はめったにいない。もちろんそのような生活には長所ばかりでなく短所もある。プライバシーは特に尊重されてはいない。村人は隣人について、それが男性であろうと女性であろうと、また、本当であろうと単なる噂であろうと、知らないことはほとんどない。そして土着の不文律は厳しい。必ずしもみんなが同意しているわけではないのだが、厳然としてあるので避けて通ることがむずかしいのである。娘たちは若いうちに結婚する。二十歳で四人の子どもの母親もまれではない。結婚した女が自分の車をもっていたら、たとえそれがどんなにおんぼろであろうとも、疑わしい目で見られる。〝独立している〟と見られるのだ。

女性たちにとっての唯一の仕事は、夏、水産業の手伝いをすることだ。それもごく安い賃金で。お互いの秘密はほとんどなく、噂が行き交う。わたしの家の台所でテーブルの向かい側に座って、話を聞かせてくれた人は男女を問わずおおぜいいた。

「これはあなたには話せる。あなたは外から来た人だから。ここの人にはこんな話はできない。一時間も経たないうちに村中に広まってしまうから……」

〝外から〟来た人間にとっては、六月にアパートで死んでもクリスマスまで発見されないということが起きうる都会生活とはちがって、このような生活は魅力的でもある。わたしがイースト・タンブリルに移ってまもなく、まもなくと言っても、十一時に消灯する習慣ができるほどには時間が経っていたある晩、わたしは十時十五分にベッドに就き、電気を消した。十分ほど経って、電話が鳴った。それは道の反対側に住むヴォーン・ニクソンだった。ビルがとても心配して、わたしに電話をかけろと言うので、と彼女は電話口で言った。いつもよりも早くベッドサイドランプが消えたのは、具合が悪いためではないでしょうね？　だいじょうぶ？　なにか手伝えることがあれば、なんでも……。だいじょうぶよ、ちょっと疲れただけだから、とわたしは彼女を安心させ、ベッドに戻った。少々驚き、クスクス笑いながら。わたしは助け合いのネットワークが隈《くま》なく張り巡らされている村に移ってきたのだと思った。それは正しかった。あとでわたしは何度もそれを実感することになる。もしかすると、そのおかげで、わたしはそこに一人で住むのが怖くなかったのかもしれない。一人で住むことが、じつは不安だったのだ。子どものときは暗闇が怖かったし、わたしのような想像力をもつ人間には、ちょっとした影も怪物に見えるのだった。

だが、またもしかすると、わたしがそこで一人でも怖くなかったのは、信じられないほど静かな夜のためかもしれなかった。それは、聞き慣れない足音、あるいは霧の濃い夜に鳴り響く霧笛、あるいは通り過ぎる車の音で破られないかぎり、完璧な静寂だった。ベッドに行く前に、わたしは明かりを消して居間の窓から外を眺めた。月の光があれば、それがどんなにかすかな光でも、高い丈の草の間を小道が黒々と通っているのが見えた。そして港が見えた。それからずっと右手にウェスト・タンブリルの明かりが見えた。そこもまた漁村だった。波止場の赤と緑の光に続いて白い光が鎖のように暗い水面に繋《つな》がって映っていた。

もちろん、反対側の窓からはニクソン夫婦の家が見えた。「寝るとき、おたくの明かりがまだ点《つ》いているかどうか、おれは必ず見るんだよ」と、ビルはきっと言うだろう。

イースト・タンブリル村の暮らしとは、そういうものである。

第四章　天候

短い時間ではあったが、わたしは移り住む前に二度イースト・タンブリルを訪れた。そして出会った人のだれかれに、冬の天候はどんなものかと聞いてまわった。寒くないよ、とだれもが答えた。全然寒くない。零下になることは絶対にない、と。雪は？　とわたしは聞いた。たいしたことはない、と彼らは一様に言った。それに一月までは吹雪もないしね。ほんとうだろうか。あまりにも話がうますぎる。ニュージャージー州の友人たちは、わたしが一年のうちの半分は雪に埋もれてしまうだろうと信じているようだった。

どこかに落とし穴があるにちがいなかった。わたしはその後も聞いてまわった。

最初のヒントは、あと二か月でわたしがイースト・タンブリルに引っ越すことになっていたとき、突然現れた。息子のジョナサンといっしょに、ニュージャージーからノヴァスコシアまで車で行ったときのことである。庭を作る準備をするつもりだった。それと、暖房が取り付けられたか、チェックするつもりだった。場所は家から四、五キロ先の小さなレストラン。レストランの店主と話していて、わたしはまたもや天候について聞いたのである。

「寒くはないわ」とその女主人は言った。「ほんとうよ、決して寒くはないわよ」

「雪は?」

「あまり降らないわね」

「ほんとう?」とわたしは言った。「それじゃニュージャージーよりもずっと穏やかじゃない?」

「そうねえ」女主人はちょっと考えてから言った。「少し風が強いかもね」

これだ。これが落とし穴だ、と思った。

十月の初めに最初の〝風〟を経験した。太陽が明るく輝き、風は南西から吹いていた。嵐の兆候はどこにもなかった。だが、わたしはその朝、家の梁《はり》がきしむ音で目を覚ました。梁はまるで高波の海を走るヨットのように抗議の声を上げていた。台所の裏口を開けたとたん、わたしはドアといっしょに吹き飛ばされた。とくに寒い日ではなかった。だが、居間の暖房が二十度に設定してあるにもかかわらず、室内温度は不気味にどんどん下がっていった。そしてわたしはそのとき初めて、一階と中二階の天井がもつかしらと心配になった。外では高く晴れ上がった天空を白い雲が勢いよく飛んでいた。海の波頭は激しいレースを展開していた。海岸から拾ってきた海藻類は上に重石を置かなければ飛び散ってしまう。だが、わたし自身は風に寄りかかるようにして歩く練習をしたりして、この突然の天気の変わりようを楽しんでいた。急に風がゆるんだときには、ぱったりと地面に倒れたりしながら。

三日後、風は弱まり、嵐の記憶は薄らいでいった。

十一月一日、どしゃぶりの中、わたしは近くの町に食料品の買い出しに出かけた。空には稲妻が光っていた。家に戻ったころには風が出てきて、驚いたことに、ファービーチの海岸の波は灯台を抱きかかえんばかりに高く打ち寄せ、飛沫《しぶき》を散らしていた。夜の八時には、風は突風に変わっていた。わたしは窓から景色が見渡せるカウチに座り、膝の上の本に集中しようとした。座っていたカウチと、その下の床が震えているのを無視しようと心に決めていた。しかし、防風ドアが吹き飛ばされ、わたしはそれを取りに行かなければならなくなった。梁はきしみ、うなり声を上げた。風はふいごで勢いづいたかまどのような音を立てて、家に襲いかかってきた。この家はここに百二十五年以上もどっしりと構えてきたのだとわたしは自分に言い聞かせた。そう思って安心したのもつかの間のことだった。わたしはこの家を改造したとき、梁を何本か取り外し、窓を作ってガラスをはめ込んだのを思い出した。風の勢いが増すごとに嵐は恐ろしいものに変わっていった。風速は三十五、六メートルだったとわたしはあとで知った。窓に降りかかる海水の飛沫が、まるでガラスに撒《ま》かれる砂のような音に聞こえた。ドアがガタガタと激しく揺れ、見晴らし用の大窓は突風に襲われるたびに、いまにも爆発しそうに細かく震えた。十時にはタンスの上の壁の鏡が小さなステップを踏んで踊り出し、わたしも鏡といっしょになって震えていた……。

嵐の只中、電話が鳴った。ヴォーン・ニクソンだった。

「かなりの風ね」彼女はいつもの穏やかな声で言った。

「ええ、ほんとうに、すごいわね」わたしは相づちを打った。

「おたくの納屋の戸がいま吹き飛ばされたわ」

「まあ」とわたし。

「一人で心細かったら、うちに来ない?」

「ありがとう。でもだいじょうぶだと思うわ」わたしは答えた。五十数キロのわたしの体重が重石にならなければ、家が吹き飛ばされるような気がした。

「今晩はあまり眠れないわね」

「きっとそうでしょうね」と言って、わたしは受話器を置いた。

だが、人間はおかしなもの。強風はわたしにはまったく新しい、未知なるものだった。わたしは何時間も恐怖で震えていた。一晩中眠らずに、ただひたすら、念じることで家を地面に縛りつけるつもりだった。しかし、嵐の音は思いのほか人を疲れさせる。それに踊る鏡を見ているのにも飽きてきた。嵐の前で小さくなっている自分にも腹が立ってきた。それでわたしは、真夜中、反抗的にも贅沢《ぜいたく》にも、お風呂に入ることにしたのである。そしてちょっぴり勇敢になって、パジャマに着替え、ベッドに潜《もぐ》り込んで明かりを消した。風はまだ家を捉えて揺らしていた。屋根と壁を容赦《ようしゃ》なく平手で叩いている。風は口笛の音から叫びに変わり、しまいには猛獣の吼《ほ》えるような声になった。それはもはや理解できない現象だった。理性を超えていた。あまりにも大きくて把握できないのだ。

「だから……」眠気の中からわたしはつぶやいた。「勝手にやってちょうだい」

わたしは眠りに就いた。そして子どものようにぐっすり眠った。

納屋の戸はふたたび取り付けられた。二度と吹き飛ばされないようにしっかりと。そしてそれは一九七六年のグラウンドホッグ・デー（二月二日。春の到来を占う日。この日ウッドチャックが巣穴を出て、自分の影を見るかどうかで、それがわかるというアメリカの言い伝えから）にふたたび起きた、百年ぶりの大嵐のときまでしっかり納屋を守ってくれた。しかし、そのときはすでに大嵐の洗礼を受けていたので、わたしは驚かなかった。手押し車は戸外に出しっぱなしにしていると、夜中に原っぱの反対側まで吹き飛ばされることをわたしはすでに学んでいた。夜中にどっちの方角へ風が吹いたかを、まずよく考え、それから風が吹いた方向へ物を探しに行くことも学んでいた。わたしはそんなふうにして、どうにかものごとを学んでいった。車のドアは吹き飛ばされないようにそっと開けることを学んだし、風に寄りかかるようにして歩くことも学んだ。冬の間の強風は、慢性のものだった。いつでもそこにあるもので、ちがいは風の強さだけだった。風の吹く日、家の台所にいると、激しく吹きつける風は野獣の咆吼《ほうこう》に聞こえた。その音が聞きたくなかったら、居間に移ればよかった。そこでは風は口笛のように聞こえた。

ここに移り住んだころ、クラレンスに、雪かき先のリストにうちのドライブウェイも加えてほしいと頼んだとき、彼がおかしな反応を見せたことがあった。いま思えば、なるほどとうなずける。

「さて」クラレンスは重い口を開いた。目が笑っていた。「それが必要とは思えんな」

「でも、雪は降るんでしょう？」わたしは聞いた。「うちのドライブウェイは長いから」

ろうて」

「ああ、たしかに雪は降る」彼はうなずいて言った。「だが、雪かきは必要ないだ

そのとおり、必要なかった。わたしは一度だけ雪かきをしたことがある。それは風が雪を台所のドアの外に吹き溜めて、美しい三日月の形を残していったときのことだ。まるで贈り物の包みのようにドアの外に三日月の雪が置かれていた。

たしかに雪は降った。だがわたしには、降った雪がどこに行ってしまうのか、わからなかった。風が雪を他の場所に運んでしまったからである。林の中か、もしかすると遠くノヴァスコシア州の州都ハリファックスまでか。それに、ここの雪はけっしてふわふわと空から降ってはこない。いや、上から降ってくるものではなかった。ここの雪はいつも、風に吹かれて牧場を躍《おど》りながら、斜面に対して平行に、つまり横に降ってくるのだ。

初めてイースト・タンブリルを訪ねたとき、息子のジョナサンがこう言った。

「みんなお天気について話すときの様子に気がついた、ママ? まるでほかになにも話題がないみたいだね」

そう、ある意味ではそのとおり。天気はいつでもわたしたちといっしょだった。生活の不可欠な一部として、自然のまま、予測できないものとして、そしていつも、とにかくいつも、ドラマティックなものとして。濃い霧の中を村はずれの自分の家から車で出かけ、イースト・タンブリルの村の中央に着いたときはお日様が輝いていても、そこから町までの道は大吹雪、などというのはよくあることだ。太陽は目もくらむばかりに輝き、霧はぼんやり真珠のように白く、幽霊のように窓の外を通り過ぎる。霧の足が速いときなど海辺から家に入ろうとするわたしについてくることもある。そしてもちろん、風だ。

田舎の生活に慣れてくるにつれて、わたしもしだいに人と話すときはまず天気の話から始めるようになった。それ以上に大切なことがあるだろうか？　いまでもわたしは翌日の詳しい天気予報と完璧な海上気象予報なしにベッドに就くことができない。わたしはこの村での生活以来、予測できないことに対してつねに備えるようになった。イースト・タンブリルでは、それは当たり前のことだった。

第五章　時間

神はあらゆる瞬間に働きたもう
——フランスの古い諺

　わたしがなんの疑いもなく、心配も挫折感もなく、新しい土地で新しいライフスタイルを楽しんだと言ったら、正直ではない。もちろん、イースト・タンブリルには自分から望んでやってきたのだが、ゆがんだ影が嘲《あざけ》りのほほえみを浮かべる瞬間があったことは否定できない。思うに、女性は昔から従順さを仕込まれてきたがゆえに、いっそう疑り深くなっているのではないか。生来直感的で、なんにせよ男性よりも控えめでいるように育てられているから、言葉で言われなくても、わたしたちはすべきことやすべきでないこと、あるべき姿を教えるシグナルをめざとくみつける。幼いときから人を喜ばせる術《すべ》を身につける。魅力的であること、期待どおりに適切な表現をすることを学ぶ。そして不公平を受け入れる。

たとえば、子どものころのわたしの親友は、三人姉弟のいちばん上で、とても頭のいい女の子だった。末っ子は男の子だった。それですべてが決まった。彼女の教育は高校までで、どんなに成績が悪くても、弟のほうは大学まで行くのだ。それが現実だった。

わたしの家ではどうだったかというと、父が自由主義者だったのは、おそらく、子どもが二人とも女の子だったためだと思う。娘しかいなかったら、親は考えを多少アレンジしなければならなくなる。だから、父は勇敢にも、また誠実にも、最善を尽くすようにとだけわたしたちに望んだ。だがいっぽうで、わたしは知っている。両親が男の子を期待していたのを。そしてもし男の子だったら、セオドアと名付けられるはずだったということも。また、女の子にとっては結婚がいちばん大切でそれのみが唯一価値のあることだと、言葉でこそ言われたことはなかったが、母の声の調子は結婚していない女の人のことを話すときに変わった。「だれだれさんはあんなに素敵なのに」と母は首をひねった。「そしてあんなにチャーミングなのに、どうして結婚していないのかしらね?」なにかが欠落している、どこかに欠陥がある、目には見えないが、果物のように、外見はおいしそうに見えても、中身が腐っているのではないかと不審そうに見ているのだった。娘のアンテナはこのようなシグナルをすぐにキャッチする。

正直な自分でいるために、なによりも大切なのはまず自尊心だ。それと、自主性である。自主性は自尊心から育つもの。自主性とは、自分を治めること。他から干渉を受けず、自分の心に正直に。自尊心がないと、かんたんに、魂を略奪された者(いま適切な言葉がみつかるまでそう呼ぼう)になってしまう。いっしょに暮らしている人を通して生きるのだ。自分自身を考えずに、自分の考えに基づいて行動をせずに、自分で冷酷な現実に立ち向かう判断を下さずに。生きることはすなわち隠すこと、取り繕《つくろ》うこと、反応すること。行動するのではなくただ感応することになってしまう。自分をまっすぐに見ずに、近所の人や夫や友だちがどう思うか、どう感じるかを映す鏡を通して自分を見るのだ。だから、可愛らしいと言われればすぐさま可愛らしくふるまい、野性的と言われれば大胆な目付きの野性的なポーズを身につける。また、「ちゃんとした女なら、けっして汚れた皿を流しに放りっぱなしにしたりしない……」云々。このようなイメージにはまってしまったら、それは彫像であって、もはやわたしたち自身ではない。ほんとうのわたしたちはごった煮のスープと取り換えられてしまっている。認められるため、将来の安定のため、安全のため、そして「夫婦はもちつもたれつ。たとえ心の中で相手をどんなに馬鹿にしていても関係ない、夫婦とはそんなもの」式の考えに逆らわずに。

なにか理由があって、あるいは信念や目的のため、あるいはたんになにか新しいことを試してみるために、そんな群れから離れ、自立するのはむずかしいものだ。そして、男性と比べて、女性にはそれがもっと面倒だ。女性の教師や物理学者などは、出産後仕事を続けること自体、肉体的に苦しいことなのに、感情的にはもっと大変な目に遭う。自立していると言われるのではなく、利己的だと中傷され、ひどい場合は男のような女と呼ばれることさえあるのだ。家で創造的な仕事をしている女性たちもまた例外ではない。ここから先は仕事の時間という区切りがないからだ。

どんなに些細《ささい》なことでも、家の中の問題は仕事に優先して解決が求められる。そしてわたしたちはいつも罪悪感に悩まされるのだ。あんなことをしたと言っては悔やみ、あれをしなかったと言っては悔やむ。

ここに移ってまもないころのある日、わたしの不安感はクライマックスに達した。バリントン・パッセージに食料品を買いに行ったときのことだった。帰り道、わたしはまず、〈わたしはここに属していない〉という感じ、それも圧倒的に胸に迫るような感じをもった。〈家が恋しい〉ホームシック症状というのではない。いま出てきたばかりの小さなうらさびしいマーケットではなく、わたしはネオン輝く巨大なアメリカのスーパーマーケットが恋しかった。店内に流れる音楽、そしてグルメな食べ物がほしかった。わたしはいったい、こんな古い家ばかり立ち並ぶうらぶれた町で、ロブスター漁の船の浮かぶ海、平坦な野原の続くこの土地で、なにをしているのだろうと思った。ここは〈わたしのホーム〉ではない、と。そして次の瞬間、罪悪感にさいなまれ、わたしの移住は息子たちにどんな影響を与えるのだろうと思った。母親がこんな人里離れたところに移り住むなどという小さな冒険をしたために、彼らは拒絶され、捨てられたと思いはしないだろうか。わたしに会いに来てくれるだろうか。それともわたしを拒絶するのだろうか。そして、この心配の小隊行進のあとに、疑いの大軍が襲ってきた。わたしはここに来ることによって人生から逃避したのだろうか。それとも、ここに来ることによって、わたしはフロイト式のひどく苦しい方法で自分を罰しているのだろうか。わたしはここに移ったことをほんとうによかったと思えるのだろうか。これほどなにも知らない土地に移り住むことを、そもそもわたしはどう考えていたのだろう。

それはほとんど恐怖と言っていい感情だった。わたしは全身で、数週間しか知らない顔ではなく、旧知のものを求めた。わたしは震えていた。すべてが見知らぬものに見えた。いつもの大胆さは跡形もなく消えうせ、感覚が麻痺《まひ》して、わたしはなにも感じなくなった。周囲と隔絶しているというパニックに襲われた。家に着くとよろよろと車を降り、買ってきた食料を家の中に運んだ。引っ越しのトラックはまだ到着していなかった。わたしの家具は、中でもいつもわたしの生活の中心に存在してきた机はまだなかった。キッチンテーブルの上にあるタイプライターだけが、見慣れた物だった。わたしは震えながらそれを前にして座った。そして考えた。

「必要なら一日中でもここに座っていよう。一寸《すこし》も動かずに」

わたしは長い時間そこに座っていた。それから、ことのばかばかしさに気づき、近所の人を訪ね、気分がよくなった。

もちろん、その後も数か月は、このような疑いと心配が頭をもたげた。最初の二か月は素晴らしい天候に恵まれたが、それは突然変わって、灰色の季節が始まった。わたしはなにかを失ったような気がして、つぎになにが来るのか不安になった。変化こそ、心配の種だった。

しかし、イースト・タンブリルに住んで、わたしはものごとを考える時間ができた。それも、ことの真髄まで考えることができた。そしてある日、突然わたしは自分の不安の根源がわかったのである。気分の落ち込み、不安感、憂鬱《ゆううつ》、心配、これらすべてを集めて揺さぶったところで、結局同じところに落ちるのだ。わたしを支配していたのは、根本において、自由に対する恐怖感だった。

わたしの生活は、窓の外に無限に広がる海のように、また海と同じように単純なもの、とても余裕のあるものになった。女の人の多くがそうであるように、わたしもまた子どものときは両親と、学生時代はルームメイトと、結婚してからは夫と、そしてつい最近まで子ども二人といっしょに暮らしてきた。一度も一人で暮らしたことがなかった。一人暮らしは味わったことのない、知らない味だった。なにも要求されなかったし、時間的にも縛られていなかった。その気なら一晩中起きていてもいいし、一日中寝ていてもいい。ロシア語を習おうが、愛人を作ろうが、鼓膜が裂けるようなボリュームで音楽を聴こうが、なにをしてもいい、なにになってもいいのだ。

それはいままでわたしが一度も訪ねたことのない世界だった。見知らぬと感じたのは、わたしのいる環境ではなく、これだったのだ。

そして、わたしはそれが怖かった。

だが、悪魔の名前を知ると、つぎにわたしはそれを追い払いにかかった。周りを見渡しては、「これはやったわ。あれも終わらせた。雨が降っている。あり余る時間をどうやって過ごしたらいいのかしら」と考えた。そんな自分に気づくと、わたしはふんと鼻を鳴らして「ほら、しっかりしなさい。また怖くなったの?」と自分に言った。そして、ブーツを取り出し、レインコートをはおって海岸に出かけた。石から石へと跳んだり、海辺の宝物をたんに見るだけでなく、よくよく観察した。あるいは、なにもしないでいた。それまで一度もそんなことはしたことがなかったのだが。そしてなにもしないでいることに心の安らぎを感じた。わたしたちは空《から》の時間ができないようにするために、なんと忙しくしていることか!

おかしなことに、辞書によれば、〝空《から》〟の定義に、〈保有しているものや囲んでいるもののない状態〉とある。

そして、〝自由〟の定義には、〈縛られないこと、閉じこめられないこと、強制的に引き止められないこと〉とあった。

この二つの言葉のちがいは、ほんのわずかである。人が毎日数分進む時計に慣れるように、心を少し調整すればいいのだ。心は新しい言語を学ぶ。

この自由感、外に向かって時が開くという感じ、これがイースト・タンブリルに住んで経験したもっとも大きな発見だった。そしてわたしはその感覚を失うようなことがあれば、それが戻ってくるまで静かに待つことを学んだ。それは時間というものの新しい特質などではなく、時間の中に生きている、わたしという人間の新しい特質だった。

というのも、時間というものは、ほんらいわたしたちの頭の中にしかないからだ。その存在は、信じたくてたまらない幻想と言っていい。時計もカレンダーも人間が作ったものだ。一日の時間を決めたのも人間ならば、ひと月の週数を決め、一年を十二で割ったのも人間だ。まったく見事で、役に立つ便利なものだが、わたしたちが時間と呼ぶものは、人間が枠を作る前からあったのだ。またそれは、カレンダーというカレンダーが一夜にしてなくなっても存在し続けるものだ。物理学者や哲学者や天文学者は、時間について理論しか言えない。時間はいまだ解けていない謎なのである。わたしたちはどんなにやってみても、時間を測ることができないと知っている。

時間は永遠なものと人は考えるが、永遠がなにかを知っている者はいない。わたしたちは時間の中に生きているが、時間に触ることはできない。わたしたちは時間を占有しているが、所有することはできない。時間を潰《つぶ》す、時間を過ごす、時間をやり過ごす、時間を浪費する、時間をかける、時間を無駄にする、と言う。また余暇、人生の晴れの時、時はわれらの手中にあり、時を忘れる、とも言う。服役者は（牢獄の中で服役の）時を過ごす、または勤め上げる、と言う。だが、ほんとうに時間とはなにかを知っている人がいるだろうか？

わたしたちが時間について知っていること、それはわたしたちの内にある。そしてそれは一人ひとりにとってちがうものだ。時間はだらだらと過ぎることもあれば、矢のように過ぎることもある。一分は浅くもあり深くもあり、終わりがなく、苦渋に満ち、あるいはその中にあらゆる神秘と魔法を秘めている。時間には量があり、わたしたちの人生の多くの時間はそれで成り立っている。人生が退屈で変化がなく決まり切ったものに見えるとき、時間は量的なものに感じられる。また非常におもしろいことをしているとき、なにごとかがわたしたちの日常の殻を破るとき、時間は質的な意味合いをもつ。

エイブラハム・マズロー*はこの後者を〈ピークの瞬間〉と呼ぶ。人生が急に新しい意味合いをもつときだ。わたしたちはそのときを新鮮な感覚で、寛大に、喜びをもって見る。かたくなさがやわらぎ、なぜいままでこんなに縮み上がっていたのだろうと不思議に思う。まるでいままで目の見えなかった人が、急に見えるようになったようだ。草の葉、空の雲、人の顔、世界の調和のとれたさまなどが。

しかしながら、ほんとうの神秘は、わたしたちが時間を量的に経験しようと質的に経験しようと、時間はまったく変わらない、変わるのはわたしたちだということだ。いろいろなできごとで揺さぶられ、認識に到らされる。理解に到らされるのだ。決まりきった手順、習慣、自己満足、そして偏《かたよ》った思考に揺さぶりをかけられるのだ。ある意味では、時間に揺さぶりをかけられて、いま生きていること、大きく目を開き、自覚することを認識させられるのかもしれない。

モーリス・ニコル*は『リビング・タイム』の中でこう言っている。「*わたしたちの中にいる時間人間は、いまを知らない。彼はいつでも未来のなにかに向かって準備している。あるいは過去に起きたなにかで忙しい。彼はいつでもなにをしようか、なにを言おうか、なにを着ようかと考えている。彼は未来を想像する。そしてわれわれは彼の後ろから歩き、予期された時間に到着する。だが見よ、彼はつねにほかのところにいるのだ。未来のために計画を立てている。なにもかもがけっして現在に存在しないようになってしまっているのだ。われわれはまず、いまを感じるところから始めなければならない」

わたしたちの世界は、いまをどう生きるか、教えない。わたしたちの社会では、すべてがそれを巧みに避けている。子どもが学校に上がると、親も教師もさっそく言い始める。つぎはなに？　用意しなさい！　大学に入れば、プレッシャーはさらに強まる。つぎはなに？

わたしたちは早くから先を考えるように仕向けられる。そしてそれをあらゆる場面に適用するのだ。いまやそう考えるのが習慣になっている。わたしたちはどこかに到着するために前方を見る。目的地がどこかはもはやほとんど問題ではない。わたしたちは素晴らしい日々を夢見る。おとぎ話のように〝伴侶《はんりょ》〟を見つけ、その人との暮らしはずっと豊かになるはずとか、翌年の休暇をどう過ごすか、子どもたちが大きくなったら自分はなにをするか、あるいは退職したら、というように。わたしたちはいつも宙ぶらりんになっている。そしてついにわたしたちを魔法のように癒《いや》し、変えるはずの未来がやってきたとき、それは今日となんの変わりもないものであることがわかる。

当然、別の種類の人生を作り上げることは可能だし、可能でなければならない。もっと喜びと自覚、高揚した意識をもって生きること。そうすればわたしたちは一瞬一瞬をより深く生き、満足することができる。わたしたちはぼんやりと時を過ごし、目を明日に向けているが、わたしたちがいるのはいまなのだ。可能性に打ち震えているのは、いまなのだ。未来ではない。未来はどこか別のところにあり、まだここに到着していないのだ。「幻想を取り払って時間を見るとき」とエマーソン*は書いている。「また、その日の中核を成すものを探し当てようとするとき、われわれは瞬間の質という問題に立ち向かわざるを得ない。時間の引き延ばしをすべてやめるのだ。われわれが生きるのは瞬間の深みである。表面的な広がりではない」

わたしたちが真に躍動するのは、瞬間の中に入り込み、意識を全開にしてその瞬間を生きるときである。

「死ぬということは」とJ・B・プリーストリー*は著書『人と時間』の中で言っている。「人生の最期に目を閉じることではない。あまりにも少ない次元の中で生きることを選ぶことである」

第六章　ロブスター漁師たち

ノヴァスコシア半島の南東海岸では、ロブスター漁のシーズンは十一月末に始まる。漁は投げ売りの日《ダンピング・デー》と呼ばれるシーズン初日から五月末まで続けられる。素人目《しろうと》には、一月と二月は悪天候で漁には向いていないように見えるが、ロブスター漁師は気にする様子もない。ハリファックスでは、ロブスター・シーズンはあとの半年、つまり六月から十一月末までだが、それにはそれなりの不利益もある。競争が激しく、ロブスターの値段も安いのだ。

ダンピング・デーのルールは厳格である。午前八時までは、ロブスター漁船は一隻も出港してはならない。沿岸警備隊はこのルールを守らせるために、こまめに白い小艇を見張りに走らせる。七時半には、ロブスター漁船はイースト・タンブリルの波止場にラインアップする。船は船尾にロブスター漁のためのかごやブイ、綱、エサなどを高く積み上げ、エンジンをふかして待っている。沿岸警備隊の姿が見えなかったり、その日のパトロールが別の村に任されたりしたら、必ずルールを破って飛び出す船がいる。そしてほかの船もまたいっせいに飛び出す。

ロブスター漁船は縦並びになって灯台の前を通り、港の反対側のウェスト・タンブリルからの船もまた、彼らよりずっと遅れて群れになってやってくる。黄色、青、黒、ラベンダー、白そして赤色のケープアイランドからの船は、蛇が泳ぐように曲がりくねって続き、沖に向かって港を出ていく。灯台を過ぎるが早いか、彼らは広がる。港が広い海に開くところまで来たころには、ロブスター漁船は水平線を埋め尽くす。そうしているうちにも左手にまたまた新たな船の一団が現れる。沿岸にある別の村からの船だ。その日が天気の悪い灰色の日だったら、船の白いマストライトが曇ったしろめ（錫と鉛などの合金）の中の真珠のようにぼうっと光って見えるだろう。

ロブスター漁船はしばらくすると次つぎに戻ってくる。午前中、あるいは遅くとも正午には、さらにたくさんのかごを取りに戻ってくる。港は、つぎのダンピング・デーまで、これほどのロブスター漁船でいっぱいになることはないのだ。初日一日中、港は戻る船と出かける船でにぎわう。最初の一日、あるいは二日目まで――ロブスターは漁獲されない。というのも漁師たちは、この新しいシーズンのために、最低でも四百個のかごを海の底に投げ入れなければならないからだ。

最初の週がもっとも重要なときだ。その一週間でそのシーズンの良し悪しがわかるからだ。漁獲量は最初の週がいちばん多い。男たちが陸に上がっていた半年の間に、支払わなければならない請求書はたまっている。初日の漁は一人頭およそ二千ドルになる。その全額が年に二度の船の支払いにまわされる。あるいは船の補修に、あるいは新しく購入した電波探知機《レーダー》に、あるいは新しいエンジンの支払いにあてられる。二日目の漁は慣習により漁師と助手の間で分けられる。三日目の漁はガソリンやオイル、エサなどの支払いにあてられる。四日目、もし風が出たら、漁師は海に出ない。一年を通してみれば、ロブスター漁ができない期間が半年もある。それでも、もし漁場にロブスターがなくならず、もし港が早い時期に凍り付かず、もし船の調子が悪くならなければ――ロブスター漁師の暮らしには、たくさんの〝もし〟がつきものだ――、一人あたりの年収は平均三万ドルぐらいだろう。

船がロブスターを獲って戻ってくるとき、知らせは必要ない。空からロブスター目がけて急降下するカモメの群れでわかるからだ。波止場に着くと、船はロブスター・ステーションへ行き、ロブスターはそこで水揚げされ、目方を量られ、木箱に詰め込まれる。水の中に綱で繋がれた木箱の長い列ができる。その日の漁が終わると、漁獲と引き替えに、漁師は紙を一枚手渡される。翌日、波止場の事務所に行って、その紙に書いてある漁獲量分の現金を受け取るのだ。それは信頼に基づく取引である。漁師はふつう四時半か五時には引き揚げ、燃料を補給し、船を一回りしてチェックし、それからビールを飲みに出かける。朝になると彼らはまた船をチェックする。海での失敗は取り返しのつかないものに繋がるからだ。

シーズンの初め、ロブスターを近所の人にもらって、わたしの食欲は大いに刺激された。十二月のある日、わたしはロブスターがどうしてもほしくなった。だが手に入れるには波止場まで出かけなければならないとわかっていた。それは雨の日で、風も強く吹いていた。新参者のわたしは、そのことにあまり注意を払わなかった。

わたしは波止場まで車で行き、駐車した。そして、バケツ二個とハンドバッグを持って車を降り、陸の世界をあとにした。

波止場の桟橋は長く、その桟橋とちょうど直角にもうひとつ桟橋があって、そこに船が停泊していた。事務所らしい建物があった。がっしりした梁、板張りの壁にはロブスター漁に必要な装備がずらりと並んでいる。カモメが海に潜っては、風を避けて港に入っている船の上をけたたましい声で鳴きながら飛んでいた。波が桟橋の下の杭《くい》にぴちゃぴちゃと打ち寄せる。

ロブスター漁のためのおびただしい数のかごや、ロープのかたわらに停まっている数台のトラックを通り過ぎ、わたしは停泊の準備をしていた船を見下ろした。隣人のレイモンドの姿が見えたので手を振った。それから二番目の桟橋を歩きだした。ジーゼルポンプのそばを通ったとき、ロープをほどいている男に出会った。強風に負けないように、わたしは声を張り上げた。

「どこでロブスターが買えるのかしら?」

彼はあごを突き出した。

「あそこだ」

「どこ？」

「あそこだ」そう言って、彼は下を指さした。

ずっと下だった。

栈橋から四、五メートル下にロブスター・ステーションがあった。四角い浮き板の足場の上に建てられた、質素な小屋である。足場は杭に繋がれているが、その日は、押し寄せる縦波や横波にぐらりぐらりと揺れていた。

わたしはイースト・タンブリルの新参者だった。そのうえ、〝アメリカ人〟だった。そのときわたしは、なにかがおかしいと感じた。ロブスター・ステーションを見た。そしてそこに向かって降ろされている幅の狭い金属製の梯子《はしご》を見た。わたしのほうをおもしろそうに見ている顔がいくつかあった。

「なるほど、あそこね」

わたしはバッグを片方の腕に、もう一方の腕にはバケツを二個、まるでブレスレットのようにかけた。それから後ろ向きになって、梯子の最初の段に思い切って足を下ろした。梯子は濡れていて、滑りやすかった。バケツを持っていたために、わたしは海に落っこちそうになった。やっとバランスをとると、わたしはバケツを下に放り投げた。一段一段降りていくと、ロブスター・ステーションがわたしを歓迎するようにうねり上がってきた。だがつぎの波が来るとまた沈んでしまった。足場に着いたとき、わたしはくるぶしまで水に浸かっていた。ステーションの小屋の脇をばちゃばちゃと水をはねあげながら歩いていくと、そこにティッピー・マーティンがいた。ロブスターを量っていた彼は、わたしを見てもまったく驚く様子もなくロブスターを四尾つかむと秤《はかり》にかけ、わたしから五ドル受け取った。その日の値段はロブスター一ポンド（一ポンド＝〇・四五キログラム）当たり一ドル二十五セントだった。

戻りはずっと簡単だった。梯子の上から突然にゅっと手が伸びて、ロープにくくりつけられたロブスター入りバケツ二個が桟橋の上までなんなく引き上げられた。わたしは声を上げてありがとうと礼を言い、レイモンドにあいさつし、そこにいた人すべてに笑いかけた。そして雨に打たれ強風に吹かれてゆっくりと桟橋を戻りながら、自分は状況に柔軟に対応できるかどうかのテストと人物テストに合格したのだと思った。

わたしは胸を張った。自分を誇らしく感じた。

わたしにとって、波止場はけっして魅力を失うことのない場所だった。ちゃぷちゃぷと杭に押し寄せる波はもちろんのこと、海の潮気のある空気も好きだった。もっとも感銘を受けたのは、漁師同士の固い仲間意識である。それは触ることができるほどたしかなものであり、味わうことさえできそうだった。彼らはとても若かった。わたしはロブスター漁師で四十歳以上の人に出会ったことがない。いっしょに育ち、ずっと同じ村で暮らしてきた仲間なのだ。その親しさはお互いを呼び合うニックネームでわかる。波止場のネズミ、クレージー・レイモンド、ヤマネ、スウィートピー、スクリューウィ・ルイ、イワシ、プティット・ポップ、グリズリー・ベア、ジュークボックス、イタチ、ボゴ、スネード……。

「いい日もあれば悪い日もあるさ」レイモンドが言う。「だが、だいじなのは、男は海では自分自身の主人だということだ。だれにも返事をする必要がない」

自分自身の主人であるために、男たちは朝もまだ暗い五時半か六時ごろから十時間も十二時間もかごを引っ張り、エサを入れてはまた放り投げる仕事をし続けるのだ。ロブスター漁師は助手をつれて、六シリンダーのフォード・エンジンや四シリンダーのディーゼル・エンジンをチェックして沖に出る。エンジンがフルに動いているときは八ノットとか十ノットのスピードが出る。持ち場へ行って、ブイの様子を見るのだ。スピードを落とすと、魚鉤《ギャフ》でブイを引き寄せ、たるんだ綱を引き寄せる。巻き上げ機が動きだし、かごは上まであがってくる。漁師は身を乗り出してそれをつかみ、船べりに持ち上げ、かごの中のロブスターを船の中の木箱に放り投げる。ふたたびかごの中にエサを入れると、すぐさま漁師はつぎのブイに向かう。かごを海に戻すのは助手の仕事だ。この間、一分とかからない。昼食には小さな石油コンロでロブスターを数尾焼いて、平らげる。ときには近くの仲間の船にもやい綱を投げ渡して、仕事を続ける前に軽口をたたいたりもするだろう。操縦室は狭く、片側が開いているにもかかわらず、また日によっては冷たい風が骨までしみるときがあっても、漁師はけっして手袋を使わない。風で海が荒れると、彼らは〝そよ風が吹いてきた〟とか〝かわいいそよ風が吹いてるよ〟と言う。イースト・タンブリルとウェスト・タンブリルの漁師にとって、最悪なのは南西の風なのだ。それより冷たい北西の風は〝穏やか〟とか〝静か〟とか言われる。

「うちの息子は漁師にはならないだろう」とレイモンドは一歳の息子のことを言う。「そのころにはロブスターは一尾もいないだろうよ」そして付け加える。「ときどき、夜になると沖がロシア船でいっぱいになっちまって、見渡すかぎり、彼らの船の明かりでクリスマスのイルミネーションのようになるんだ」

毎年、水揚げは重さもかさも減っていく。ロブスターは十分に成長するのに十年かかる。ところが巨大な漁業会社が底引き網を引っ張って海の底をさらい、小さなロブスターでもニシンでもハドック（モンツキダラ）でも無差別に一切合切持っていってしまう。毎年、そんなふうに数年分のロブスターが消えてなくなる。

個人営業のロブスター漁師など、すでに時代錯誤の域に入っているのだ。カナダ政府は、ある種の産業——たとえばサマーハウス産業——のように、ロブスター漁師をある程度助成しているが、システム化された漁業会社とは競争にならない。

だが、漁業こそイースト・タンブリルの産業なのだ。ロブスターかごの一つひとつが手作りである。へさきに使われる木材はガレージや地下の薪ストーブの上で湯気を当てて、曲げることができるまで柔らかくする。留め具、ナズル、心棒はジャックナイフを使って削られる。漁師はみな自分の手でロブスターかごに使われるネットを編む。信じられないほど高度な手工芸技術が必要だが、それができて当たり前のこととされる。これらはすべてが漁師の仕事の一部なのだ。

四月にもなると、ロブスター漁の仕事は慣れて簡単になるが、翌月の五月には漁獲量が減り、この月でイースト・タンブリルのロブスター漁は終わる。最後の月の最後の週になると、漁船はロブスターだけでなく、これから手入れし、しまいこむことになる空《から》のかごも持ち帰る。港のあちこちにそんな船が点在するようになる。空っぽのロブスターかごが道の両端や裏庭、家の外の横壁に積まれる。わたしの家の前の小さな入り江の隅にも、四、五隻の小さなロブスター船が繋がれるようになる。オフシーズンの夏と秋に修理し、色を塗り替えるためだ。そのころには、アイリッシュ・モスと呼ばれる海藻の出来のいい年なら、ロブスター漁師の男たちの多くは〝モス獲り〟に夢中になる。ドラマティックに始まったロブスター・シーズンは、暑い夏の到来の前に、平凡にといってもいいほどそっけなく終わる。そして、港は奇妙に閑散として見える。貨物船や灯台用の荷物を積んだ船がときどきやってくることをのぞけば、海面に映るのは流れる雲の影ばかりだ。

第七章　孤独

あるときアメリカに帰るフェリーボートで、ロードアイランドのポートジュディスからやってきた漁師に会った。偶然にも彼の新しいロブスター船は、わたしの家のある入り江の向こう岸、ウェスト・タンブリルの造船所で造られていた。彼は船の仕上がり具合を見に来たのだ。わたしたちはロブスターの価格やアメリカ政府とカナダ政府の諸々の規定のちがいや両国の文化のちがい、天候や生活水準のちがいなどについて話した。彼の洞察力は非常に鋭かった。そして表現が的確だった。彼は岸を離れるボートの上からその土地を「信じがたいほど美しく、じつに孤独で、じつに過酷なところだ」と言った。

過酷。そのとおりだ。荒涼として、荘厳でもある。そして孤独だ。だが、人間が少なく産業が盛んでない土地は、どこでもそうなのではないかとわたしは思った。わたしが暮らしている東海岸には、同じノヴァスコシアでも西海岸のもつ心地よさ、穏やかさがない。西側には豊かなリンゴ園やなだらかな丘陵がある。そこを別の形、別の個性に変えてしまおうなどと思う人はいないだろう。だが、東海岸では、唯一の産業が漁業だ。そしてそこでは、人間は自然を前にしてじつに小さな存在だ。また自然との関係も格別に密接である。砂漠の一隅で暮らしている人々とか高い山で暮らしている人々は、みなそうなのではあるまいか。なにもかもがより鮮明になる。もっと生々しい。なぜならそこではだれもが一人で立ち向かわなければならないからだ。孤独もまた例外ではない。

わたしはどんな天気でも、毎日海岸に散歩に出かける。それはここでは尊い時間である。海岸はときには寒々しく、人気《ひとけ》がない。まるで月面風景さながらだ。大きな氷のかたまりが潮流に運ばれてきて岸辺に打ち上げられ、岩のてっぺんしか見えないということもあった。あるいは内側に黄色の筋が何本もある、厚いぎらぎら光る氷で海岸が覆われてしまうこともあった。何日もの間、海岸はそんな氷で岩が見えなくなってしまうのだった。曇り空の下、凍った海岸は不気味で超現実的な火山のすそ野のように見えた。そして、わたしが前日に残した足跡は、つぎの天気の好い日に溶けるまで固まったままになる。太陽が出ると、あたり一面はきらきらと白く光り輝く。色らしい色と言えば、雪の中から飛び出した茶色い枯れ草と、足跡の穴の中にできた柔らかい影だけだった。

それから、氷が溶けて港から海に流れ出す、素晴らしい一月がやってくる。突然の陽気に、わたしは庭で土中から芽を出したニンニクの先っぽを見つけるのだ。ふたたび南西の風に吹かれながら海岸を歩けるようになる。岩の上でひなたぼっこをすると、岸に打ち寄せるさざ波の音がする。そしてときどき、遠くのファービーチに打ち寄せる大波の音が聞こえるのだ。雨が降ると、霧が出る。いや、雪になることもある。一月の雪は、灯台も家の前の入り江もまったく見えなくなるほど激しく降ることもある。

ある晩、零下十度の寒さの中、納屋から外に出ると、夜空には星が降るように輝いていた。見ると、母屋《おもや》の窓からは光と暖かさが窓の形どおり四角く縁取られて漏れていた。一つの窓からは赤い光が見え、別の窓からは裸木のスケッチ、そして台所のストーブの一隅が見えた。静寂の中で、わたしは足を止め、凍った草の間を吹き抜ける風の音に耳を澄ませた。それはしなやかな絹が触れ合うような、囁くような音だった。夜のしじまに聞こえる音はほかになにもなかった。

孤独には、ほとんど官能的と言っていいようなものがある。引き込まれるような、ある種の充実感と喜びの感覚である。また、厳格で抑制の利いた、幸福ではないが不幸ではないといったような種類のものもある。むずかしい問題には一人で立ち向かわなければならないとか、特別な経験は——残念なことだが——、けっして人と分かち合うことができないとかいうことがわかったときに感じる孤独感である。これらとは別に、慰めようもない、厳しい、みじめな孤独感もある。これはじつは悲しみと言ってもいいとわたしは思う。これが孤独と呼ばれるものである。

一人でいることは必ずしも孤独を意味しない。孤独とは、失われたもの——それは人だったり、歳月だったり、かつて抱いていた希望だったり、達成されなかった夢だったり——を惜しむこと、あるいはこの地球上で自分はごくごく小さな蝿のフンのシミだという気がして、人生の意味に疑問をもったりすることである。それは充実ではなく欠乏である。残酷で、寒々とした不幸である。

クリシュナムルティ*は不幸を、〈どうあるべきか〉と〈どうあるか〉との間の距離と定義している。

精神は見、推し量り、疑問を抱き、あこがれ、失ったものを探し、悲しむ。精神は人生がどうあるべきかのシナリオを作りあげる。「精神はけっしてとどまらない」とクリシュナムルティは指摘する。「*それはつねに動いている。一つの考えのあとには休みなくつぎの考えが続く。精神はいつも鋭くとぎすまされるので、すり切れてしまう。たとえばいつも鉛筆を削っていたら、しまいにはなくなってしまうのと同じで、精神はいつも自分を使っているのでしまいには使い尽くしてしまうのだ」

孤独なとき、足を止めて耳を澄ますと、おもしろいことを発見する。肉体は不活発なのに、精神はまるで罠に引っかかった毛のふさふさ生えた小動物のように、逃げだそうと必死に走り回るのだ。精神はその矛盾を解こうとする。罠にかかったのと同じ手段で。同じ手段、それは思考である。思考はぐるぐる同じところを回る。

万華鏡は一ひねりで中の模様が変わる。精神と感情もこれと同じように、ほんの少し角度を変えるだけで解放されるのだが、ひたすら同じところをぐるぐる回っているから、人生の門が閉ざされ、暗黒の世界に閉じ込められたと感じてしまうのだ。もし孤独を感じるきっかけが拒絶感なら、わたしたちの思考は、虫歯を探し当てる舌のように、ほかの、昔の拒絶を探し出し、並べ立てずにはいられない。孤独の原因が疑いなら、わたしたちは徹底的に分析を始める。それはただ自分には価値がないという感覚を増長させるだけである。喪失が孤独の始まりなら、わたしたちはまったく希望のない未来を思い描く。そうしておいて、希望を失ったことを悲しむのだ。わたしたちは〈どうあるべきか〉にこだわり続け、わたしたちを拒絶するものとして人生を見る。

いっぽう、〈どうあるか〉は精神を鎮め、リラックスさせる。精神を集中させていすの上の自分の体の重さを感じ、時計のチクタクという音、自分の鼓動に耳を澄ませる。テーブルの角に差し込む太陽の光に目を瞠《みは》り、鳥がくるりと回転して飛び去るさまを見る。それは記憶のない瞬間に入り込むことである。それが起きたとき、

〈現実がどうあるか〉に注意を向けたとき、もはやわたしたちは孤独ではない。過去も、未来も、不幸も恐怖もない。ただ〈どうあるか〉との、完璧な受容があるのみである。精神が鎮まり、エゴと痛みばかりの思考から離れたとき、初めてわたしたちは、苦しみのあまりどれほど本来の自分を失っていたか、どれほど四角い檻《おり》の中に自分を閉じこめていたかに気づく。電気の利用を思いつき、原子を発見し、月旅行を実現した人間の精神は、人間の敵にもなりうる。このトリックを理解しないと、精神は容易にわたしたちを十字架に磔《はりつけ》にするものにもなりうるのだ。

　自分をいまという時点に据えることを、P・D・ウスペンスキー*は「自分自身を思い出すこと」と呼んでいる。そして彼はわたしたちが実際、上《うわ》の空で、夢遊病者のようにただ時間の中を通り過ぎることで、また、そのときにしていることにまったく考えを集中しないことで人生においてどれほど多くの時間を失っているかを指摘している。ウスペンスキーは言う。「*自分を思い出すこととは、自分を認識することと同じである。すなわち〈わたしは存在する〉と。ときには自然にそうなることもある。これはじつに不思議な感じである。これは機能ではない。思考でもない。

感情でもない。別の意識状態である。それは自然に、非常に短い時間、たいていの場合、新しい環境で起こる。そして人はひとりごとを言うのだ。『おかしいな、自分がこんなところにいるなんて』と。これが自分を思い出すということなのだ。その瞬間、あなたは自分を思い出す。あとで、その瞬間を区別しようとして、あなたはもう一つのおもしろい結論に達する。すなわち、子ども時代の記憶とは、いくつかの瞬間における自分を思い出すことにすぎない、というものだ」

また彼は逆説的なことも言う。「人は自分自身のことを考えるかぎり、自分を思い出すことはないだろう」

ユベール・ブノワ*は、『ザ・シュープリーム・アイデンティティ』の中でこう述べている。「苦悩*とは……、幻《まぼろし》である。なぜならその原因が架空のものであるからだ。われわれはそれを理論的に論証することはもちろん、実証もできる。苦悩が架空のものであることを直接に、直観的に証明することができるのだ。もし実際にわたしが苦しんでいるとき、精神的な映像《メンタル・イメージ》をすべて捨てて、注意を思考から感情に移し、自分の中の道徳的な葛藤を十分に味わうために意識的に観察しようとすると……、できないのだ。苦悩のかけらは一片もみつからないのである。想像上のフィルムから注意を引き離し、感情の動きに注意を払えば払うほど、わたしは感じなくなるのである。これをもってわたしは苦悩の非現実性を証明する」

　わたしにはこれが信じられる。いままでの人生でもっとも孤独だったのは、わたしが故郷から何千キロも離れ、疲労困憊《こんぱい》し、頭がおかしくなるほど子どもたちが恋しくてたまらなかったときだった。ノヴァスコシアよりももっと奥まった田舎の一軒家のバルコニーから、わたしはじつに美しい庭を見下ろしていた。だがその美しさは目に入っていなかった。そしてまったくの意志の力で――それも絶望から生まれたものだったが――わたしはほんの一瞬、嵐のように激しい思いを停止させるのに成功したのだ。そしてその瞬間、信じられないような静けさが訪れた。その庭をながめ下ろしながら、わたしはまさに……。いや、そのときわたしが感じたことを言葉で言い表すことはできない。ただ言えるのは、それは濃密な美と平和の瞬間であったということだ。眼下の庭の奥に、自分よりもずっと大きなものを見たような気がした。そこにはなにかが、わたしの愚かな考えが鎮まり、癒されるのを待っていたのだ。そんな気がした。それはほんとうにあっという間のできごとだった。その瞬間にしがみつくことも、その瞬間に戻ることもできなかった。だがこの経験は、わたしたちの内側には、触ろうと努力すれば手の届くところに、なにかがあるということを教えてくれた。

その夏、このような経験をしたあと、わたしは異常に疲れていた。神経がすっかり参ってしまっていた。大変な海外旅行を一つ経験していた。夏の前まで週六回午前中、講座でクリエイティヴ・ライティングを教え、本を一冊書き上げた。さらにコネティカットの家を売却し、ニュージャージーの新居への引っ越しもしていた。七月の中頃には、壁に寄り掛かって泣くほどに弱っていた。ある朝、わたしは鮮やかな夢を見て目を覚ました。夢の中に〈ジンセンジャー〉という文字が書かれた一枚の紙が現れた。その言葉の下には植物の根の絵があった。そして今でもはっきり耳に残っているのだが、「パシファイアー（気持ちを鎮めるもの）」と告げる声が明瞭に聞こえたのだ。

ジンセンジャーという言葉はわたしにはまったく馴染みがなかった。好奇心が湧いて、わたしは手持ちの辞書を引いてみた。そんな言葉はどこにも載っていなかった。だが〈ジンセン〉という言葉は載っていた。しかし一九七一年のそのときまで、わたしはジンセンという言葉を聞いたこともなかった。辞書には〈Panax Schinseng＝朝鮮ニンジン、ウコギ科、中国の多年生の薬用植物〉とあった。五枚の葉、赤い実、一部で薬の効用があると評価される芳香性の根、と説明がある。息子の辞書には、わたしの夢に出てきたような絵が載っていた。そしてそこには、ジンセンは中国では何千年も精力剤と考えられてきたとの記載があった。

わたしは驚き、多少おもしろみを感じて、そのおかしな夢を記憶の倉庫の中にしまい込んだ。しかし、忘れはしなかった。六週間後、いつもの定期健診を受けたとき、医者はいくつか検査をしなければならないと言った。わたしはお叱りを受けた。彼によると、わたしの中枢神経はどう見ても、危険と言っていいほど疲れ切っているというのだ。そしてわたしは精神安定剤を数か月飲まなければならないと命じられた。

それから数か月後、わたしは調べものをするために地域の図書館へ行った。本棚の間をうろついているとき、新刊書の表紙が突然目に飛び込んできた。書名は『中国式の癒し方《ヒーリング》』*だった。七月に見た不思議な夢のことを思いながら、わたしはその本を棚から抜き出した。それはスイスの研究者によって書かれた漢方薬についての最新の本だった。ジンセンを索引に見つけ、わたしはページをめくった。ジンセンの成分の分析――ジンセンにはリン、カリウム、カルシウム、マグネシウム、ナトリウム、鉄、アルミニウム、ケイ素、バリウム、ストロンチウム、マンガン、チタン、ブドウ糖、揮発性の油が含まれる――に続いて、著者はこう書いていた。「近代医学はこれが『不老長寿の薬』として知られている理由を見いだした。ジンセンの根は実に重要な薬用植物である。不老長寿を約束するものではないにせよ、これは第一級の降圧剤で、中枢神経系を恢復させるためのすぐれた手段である」（傍点著者）

七月に見た夢に出てきたのは、古くから伝わる薬用植物だった。そしてそれは、その二か月後の九月に、二十世紀の医者が現代医学の検査を通して知ったわたしの健康状態に対して処方した薬と同じ効果をもつものだった。なぜそんな夢を見たのか、わたしにはまったくわからないし、わかったふりをするつもりもない。わたしにできるのは——心が狭いゆえに、またもやいつものように疑いを抱いてしまうのだが——こういうことがあったと記録することだけである。だが、わたしはなんとなくこんな気がしている。わたしたちの内側には、いまだに科学によって解明されていない、目覚めていない次元がある。また、孤独とはもしかすると、たんに思春期の徴候、あるいは未完成であることのしるしにすぎず、わたしたちはけっして自分が思うほど孤独ではないのかもしれない、と。

第八章　人々

ある夕方、食事のあと、わたしは台所の窓から近所のいつもながらの光景を眺めていた。と言っても、いつもこれほど正確に起きるわけではない。わたしの住んでいる付近には、道路を挟んで家が二軒立っている。また、海辺の近くのライトハウス・ロードには灯台守の家が二軒ある。そしてその日のその時間は、年長の灯台守の妻アイダ・ラーキンが道を渡ってニクソン家のドライブウェイに入っていくのが見えた。ニクソン家の裏口からはベリル・クローウェルが、自分の家に帰っていく姿が見えた。ライトハウス・ロードの路上には、アーヴィンとイザベル、年の若いほうの灯台守とその妻がクローウェル家に向かって歩いていく姿があった。そしてそのとき、オードリー・ラーキンがわたしの家のドアをノックした。

眺めていたのと同じようなことがわたしの身に起きた。

このような訪問のしかたは、わたしには衝撃的だった。そもそもイースト・タンブリルに移ったのは、時間的にも暮らしのうえでも、だれにもじゃまされたくなかったからだ。だが、十二月には、わたしはほとんど荷物をまとめて逃げ出そうと思ったくらいだった。ここに来る前の暮らしでは、プライバシーの尊重は当たり前のことで、それはあたかも聖杯のように厳《おごそ》かなものだった。ニュージャージーの家では電話を二本引いていた。一つは電話帳に載っている番号で、じゃまされたくないときにわたしが電話線を抜いて切ってしまうもの。もう一つのほうは非公開で、子どもたちだけが知っている番号だった。都会の郊外では、まず電話をかけて都合がいいかどうかを聞いてから、家を訪問するのが常識だった。そうしないことは、社会的犯罪と言っていいほどの非礼だった。そしていまわたしはなにも知らずに、人が電話などせずにいきなり戸口に現れる、いや、ときにはノックもせずにわたしの台所に入ってくるような村に住み着いたのである。まったく皮肉なことだった。まるで神様がわたしとゲームをしているようだった。塀の上に有刺鉄線を何重にもめぐらせて厳重なバリケードをつくり、その中に身を隠しているつもりだったのに、イースト・タンブリルの人々はその有刺鉄線を軽く押しのけ、バリケードを越えて中に入って来るのだった。

オードリーはドアをノックして入ってきた。初めて会ったとき、彼女は十七歳だった。そしてわたしに村の重大なドラマの数々を紹介してくれたのである。台所のテーブルの向かい側に座ると、彼女は土曜日の夜に村の集会所で開かれたダンスの夕べについて語り、だれがだれといっしょに帰ったか、だれがだれとけんかしたか、だれがなにを言ったか、克明に話してくれた。わたしたちはよく〈アグラヴェーション（悪化の意）〉という名前のボードゲーム（チェスのように盤面でするゲーム）をして遊んだ。インドすごろくに似ているが、ビー玉を使う。盤はオードリーが厚い板に必要なだけの穴をドリルであけて、自分の手で作ったもの。彼女はわたしにも一枚作ってくれた。わたしたちは極悪のごろつきのように、おしゃべりをしながら慣れた手つきでさいころを転がしてはビー玉を動かした。オードリーは村人の生活をわたしに〝通訳〟してくれた。Xは飲み過ぎるとか、Rはイースト・タンブリル一腕のいいロブスター漁師だとか、Lは〝メンタル〟だとか――これは神経が細い人に使われるこの村の表現だが――、Bはまもなく結婚するとか、彼女が属するカーリングのチームはまたもや金曜日に勝ったとか。オードリーは家族で初めての高校卒業者になる予定だった。そして大学に進学する決心をしていた。長い栗色の髪が明かりの下で光る。彼女はアメリカ人のことで、わたしをからかう。「アメリカ人はクレージー」とにんまり笑って言う。

都会では二つの場所に住んだことがある。二か所とも大都市ニューヨークに含まれる近郊地域だった。そこでは人々は刺激の多い一日の後、家の中に入るとすぐに、鉄格子をドアの内側に下ろしてしっかりと閉めてしまう。だが、そうしていたわたし自身、都会での生活に欠落していたのは関心と温かさだと思うようになっていた。住んでいる地域で友人を見つけるのは至難の業《わざ》だった。一人であれやこれや考え、いろいろな角度から検討しなければならなかった。エネルギーが要《い》ったし、神経も強くなければならなかったし、コンパスと地図が必要、しかもすべてあらかじめ手《て》筈《はず》を整えなければならなかった。急な思いつきは許されないのだ。だれもほかの人のプライバシーを侵したくなかったからだ。「お忙しいのじゃないかと思って……」と遠慮する。最近夫婦そろってコネティカットから引っ越した画家である友人はこう言う。「わたしたち、あの町に一年住んだのですけど、引きあげるとき、その一年、自分のベッドのシーツにしわひとつ寄せなかった気がしたわ」

ボビーがおしゃべりしに車で寄った。彼の言葉を借りれば「ぶらぶら遊びに来た」のだそうだ。冬が長くて退屈だからだ。三十二歳、既婚、生まれたばかりの赤ん坊がいる。初めての子だ。ボビーは夏は火の見やぐらで働いている。森林火災に目を光らせ、瞬時の休みもない仕事だ。乾期中は雨が降り出すまで、何週間もやぐらから監視している。イースト・タンブリルでわたし以外に有機栽培をしている唯一の人だ。本能的に、また、自然を愛する気持ちから有機栽培を始めたという。彼は風の向きで鳥のエサ場を決める。常緑樹の枝を使ってうまい具合に鳥を守るシェルターを作るのだ。ウサギを生け捕りする罠の作り方も教えてくれた。彼とはいつもエコロジーや深い森林のこと、その中に生きる野生動物のことを話し合う。初めて彼に会ったのは十一月で、緑色の森林トレーラーがライトハウス・ロードの端に停まったときだった。トレーラーはもうじき始まる鹿狩りの準備のためのもので、鹿の体重を測定するステーションだった。日夜通して仕事が交代でおこなわれ、ボビーはその作業員の一人だった。ある朝、彼はポットを手にわたしの家の戸口に現れ、水をもらいたいと言った。お返しにと、彼は薪を割ってくれた。わたしは彼が薪を割る合間に背中を伸ばして海を見つめ、雲を、空を見つめる姿をながめた。いつか、親と同じようにフルタイムの農業従事者になりたいと言う。冬、彼はなにもすることがなく、都会のことを聞きたくてやってくる。そしてわたしは、町でも人々は長い冬に退屈するものよ、と言う。

わたしはプライバシーについての自分の感じ方を再検討してみようと思った。プライバシーがほしいというのは、じつは人とのつきあいや面倒なことに巻き込まれるのを避けるための格好な口実になっているのではないか。プライバシーを極端なほど尊重すれば、人が優しくなれる様々なチャンスまで失ってしまうのではないか。

　もしプライバシーが「人とつきあうことや観察されることのない状態、あるいはその特質」であるのなら、わたしはイースト・タンブリルでそれまでに経験したことがないほど観察の的になっていた。最初の年の十一月の嵐のとき、うちの納屋の戸が吹き飛ばされていると教えてくれたのは隣人だったし、もしわたしが車のライトをつけっぱなしにしていたら、だれかが必ず一時間以内に電話をかけてくるのはまちがいない。ある日海岸を歩いていたわたしは、海藻に足を取られ、すべって転びそうになった。両手で大きな石にしがみつき、なんとか転ばなくてすんだのだった。翌日、わたしはイザベルに、海岸で転びそうになったんですって？　と聞かれた。彼女の夫が灯台から見ていたというのだ。

　これを聞いたとき、わたしはちょっと不愉快に感じた。だが同時に、わたしが海岸で転んで足を折ったり石に頭をぶつけたりしたら、このように観察する人がいないと、何時間も、ときには何日も助けに来てくれる人を待たなければならないだろうと思った。

このことでわたしはジェーン・ジェイコブズ*の『アメリカ大都市の生と死』という本を思い出した。本の中でジェイコブズは、近郊都市が再開発されて、新しく立派な、レンガとガラスの画一的な高層住宅が貧しい人々のために建てられたあと、なにが起きたかを書いている。そこはエレベーター、いつも照明がついている廊下、遊び場、そして住民のためのプライバシーが確保された新しい住居環境だった。なにが起きたかというと、空き巣狙い、強姦、暴行、廊下での強盗の発生だった。いっぽう、近郊でも今までどおりの貧しい区域では犯罪発生率は低かった。なにがちがうのか？　〈地域社会〉がキーワードだ。仕立屋は窓のそばで仕事をしている。そしていつも近所の人の動きを見ている。市場の肉屋は地域の人々の顔をみんな知っている。知らない人が入ってくればすぐにわかる。人々はポーチや家の入り口の階段に腰を下ろして、あたりをながめながら話をしている。このようなところでは、だれにも見られずに動き回ることはできない。空き巣や強盗の発生する余地はあまりないのだ。

イースト・タンブリルとウェスト・タンブリル、この両方の村におけるフランス文化にわたしを案内してくれたのは、ニコルだった。彼女自身はアメリカ人だが、父親のポールはタンブリル村の出身だった。十八歳のときにアメリカへ渡り、建築家になった。十二年ほど前、彼は体が弱った親戚を見舞いに妻のグレースと四人の子どもを連れて久しぶりに村に戻ってきた。一家はイースト・タンブリルが気に入った。ポールは道路一つ隔てたわたしの家の向かい側に、アルファベットのAの形のサマーハウスを建てた。娘のニコルは冬をここで過ごしている。思索し、詩を書き、平和運動に没頭して忙しく過ごした六〇年代から恢復するため、そしてうまくいかなかった結婚から自分を癒すために。

ニコルは三十一歳である。とても美しく、長い黒髪を真ん中で分けて垂らしている。黒い眉、そして灰色の目。港の向こう側の教会でフランス式のミサがあると教えてくれたのはニコルだった。わたしは彼女と日曜日の朝にそこへ出かけて、高く軽快な声で歌われる素晴らしい無伴奏合唱曲を聴いた。そして踊り出したくなるほど美味しいジャンバラヤ（ハム、トマト、タマネギ、香辛料、小エビなどを炊きこんだライス料理）を心ゆくまで楽しんだ。わたしたちは二人でクリスマス用に月桂樹《ベイベリー》の実のキャンドルを作ることにした。小さな実を山ほど摘むと、ある日の午後、わたしたちはそれを茹《ゆ》でては漉《こ》し、茹でては漉しして、やっとバースデーケーキ用のキャンドルほどの小さなサイズのものができあがった。厚顔にもわたしたちは、それに料理用のワックスを混ぜて大きくし、一人一本ずつ灰色の形の悪いキャンドルを作り上げた。

　村は二つの層から成り立っていた。一つは若い世代、もう一つは年輩の世代で、それぞれの価値観をもっている。若い人たちは〝アメリカナイズ〟されている。テレビ番組に通じていて、余裕のある者たちはスノーモービルを一台ならず所有している。家を建てるときは大きな展望窓をはめ込み、重油か電気で稼働するセントラルヒーティングにする。若い独身の男たちは落ち着かない。真夜中に路上でドラッグレース（車の発進加速を競い合うレース）をするし、オートバイのエンジンを吹かして走り回る。コミュニティのダンスホールで酔っぱらう者もいる。

年輩の住民たちはいまより優しく、貧しかった時代の名残りをとどめている。かつてイースト・タンブリルの漁業は不況に陥ったことがあった。ロブスター市場がすたれ、イースト・タンブリルは忘れられた村になり、村人の多くが合衆国へ移住した。その人々がふたたび村に戻ってきて、年金暮らしか福祉を受けて暮らしている。ウィルフレッドがいい例だ。彼はボストンのバーでホンキー・トンク・ミュージックを演奏していたが、素晴らしい音を奏でるオルガンを携えてまた村に戻ってきた。そのオルガンで〈ダニーボーイ〉を弾くと、聴いている者はみんな涙を浮かべる。年輩の者たちの中には、もちろん、村を離れなかった者もいるが、厳しい時代を経験していることにおいてはみんな同じで、質素な暮らしで足りることを知っている。

彼らの家では暖房はたいてい料理用ストーブで、それが台所の真ん中にしつらえてある。燃料は石油、あるいは石油と薪である。台所から暖かい空気が居間に流れ、二階のベッドルームにまで上がっていくのだ。ベッドルームは眠るときしか使わない。家庭菜園を作るのもまたこの年代の人々だ。たとえ植えるのはジャガイモだけであろうとも。もし全世界の経済が破綻しようとも、この村の人々には大きな影響はないだろうという気がする。好景気など、政府の予測がいつも当たらなかった国においては、たんに〝ちょっとした意外なできごと〟にすぎない。タンブリルの村の人々は木を倒して薪にし、野菜を育て、手作りパンを作り続けるだろう。

　グレースとポールがアルファベットのAの形のサマーハウスにほんの数日やってきた。そしてパーティーを開いた。グレースは友人と近所の人たちのための〈音楽の夕べ〉を開きたいの、と言った。わたしは海辺の近く、木々に囲まれたその家におじゃました。フランクリンストーブ（ベンジャミン・フランクリンの発明した前開きの改良ストーブ）では火が赤々と燃え、いすやベンチが壁際に寄せられていた。客がぼちぼちやってきて腰を下ろし、お互いに名前を呼び合ってはあいさつをした。にぎやかに話が弾んだ。ニューホライズン・クラブでいま作られているキルトのこと、病気の隣人のこと、天気のこと。だれもがシフロワの到着を待っていた。

　シフロワはバイオリン弾きだった。彼は恥ずかしそうに妻のミリーといっしょにやってきた。背が高く、黒い上着に白いシャツ、それに黒い細ひものタイを結んでいた。白髪のハンサムな男性で、なにもかも見通すような黒い瞳をしていた。バイオリンを取り出すと、調弦し、足で拍子を取ると〈藁《わら》の中の七面鳥〉を弾き出した。「踊らなきゃだめだよ」とセオティステがわたしの手を取って言った。「みんなも！　ニコル、ポール、グレース、ローズ……」わたしたちは老いも若きも手を取り合い、部屋の中を輪になって踊った。音楽はどんどん速くなり、しまいに踊りの輪はダイナミックな即興のスクウェアダンスになり、わたしたちは息を切らし、笑いながら床に倒れた。

ウィルフレッドが到着した。みんなにホンキー・トンク・ミュージックを弾いてくれとせがまれてピアノの前に座った。わたしたちはピアノの周りに集まって懐かしい曲を歌い始めた。〈ホウェン・アイリッシュ・アイズ・アー・スマイリング（アイルランド人の瞳がほほえむとき）〉、〈ザット・オールド・ギャル・オヴ・マイン（あの娘は昔からおれのもの）〉などを次々に歌った。そのとき急にわたしは、そこにいる人々はほとんどみんな六十歳以上で、中には九十歳の女性までいることに気がついた。この人たちはみんな子どものときからの知り合いなのだ。みんな優しく、思いやりをもってつきあっている。このような純粋さがこの世に存在することを、わたしはすっかり忘れていた。

パーティーが終わったとき、外の車の上にはすっかり霜が降り、真っ白になっていた。空気は乾いて澄み切っていた。わたしはぼう然としていた。魂を奪われてしまったみたいに。まるで時間が止まってしまった夢を見ているようだった。わたしは家に帰り、車を納屋に入れ、電気が灯っている母屋に向かってドライブウェイを歩いていった。天には星がきらめいていた。わたしは今日の新聞の見出しのことを思った。「ヨーロッパでハイジャック」「ニューヨークで爆破事件。テロリストの仕業か」

今朝海岸で見かけたものを思い出した。ガラスのように透明な一枚の氷だった。その中に一本の枯れ草が完璧なかたちで閉じこめられていた。一つひとつの葉っぱが鮮明に白い氷の中に浮き上がり、絶妙な氷のブーケとなっていた。明日もまだそこにあるだろうか、とわたしは思った。

第九章　解き放つ

ジェニンが今朝電話をかけてきた。すぐに来てほしいという。なにかよっぽどのことが起きたのだとわたしは思った。ジェニンは人に迷惑をかけまいと、精一杯の努力をして生きてきた人だ。ジェニンとシルビーの結婚はこのところひどいことになっている。隣村の若い女性が、黒魔術を使う魔女のごとく、退屈しのぎに他人の夫に魔法をかけて楽しんでいるらしい。一年前に彼女はシルビーに取り憑き、ジェニンがその犠牲になっている。

電話が鳴ったとき、わたしは執筆の最中で、久しぶりに筆が進んでいた。書くことに夢中で、外の世界を完全にシャットアウトしていた。電話が鳴ったとき、わたしは驚いて飛び上がり、嫌々ながら電話に出た。ジェニンの声はふつうなめらかな高音だが、わたしはその声の裏に異常な緊張を感じ取った。すぐに行くとわたしは言った。しかし、残念な思いがなかったわけではない。夢中になって書いていた原稿に目をやり、ため息をついてセーターに手を伸ばし、野原を横切って彼女の家に急いだ。

ジェニンは戸口でわたしを迎えた。

「電話をしないではいられなかったの」

と、涙を浮かべて言った。

「こんな状態を続けることはとてもできないわ。数分前、わたし、自殺しようと思った。だれかに電話しないではいられなかったの。だれかに話さなければとても生きていけない心地がして」

腰を下ろすと、コーヒーカップを前に彼女は絶望的な気持ちを一気に打ち明けた。彼女には人の心をとらえる優しさとナイーヴさがあった。子どものときから、炊事、掃除洗濯、弟や妹の世話をして、夜になっても勉強する時間さえないような暮らしをしてきた人だ。シルビーとは高校生のときに出会い、まだ若いうちに結婚した。

いま彼らは三十三歳で、子どもが二人いる。長いこと結婚している夫婦だ。ジェニンには魔女と闘う武器がない。不安な状態にいることにも裏切りにも、もはや耐えられないところまできているのだ。

わたしは受話器をとって、彼女のかかりつけの医者に電話をかけた。そしてもう精神安定剤など処方している場合ではない、彼女には助けが必要なのだと言ってやった。激しい怒りにわれながら驚いた。おそらく、彼もそうだっただろう。彼女のために精神科医に予約を入れ、別の村の結婚カウンセラーにも予約をする、そして折り返しその返事を電話で知らせると約束してくれた。

数時間後、ジェニンは予約がとれた精神科医のところへ出かけて行き、そのまま帰ってこなかった。医者は、ことが落ち着くまでしばらく親戚のところに待避しているようにとジェニンに忠告したのだった。それを知ったシルビーはものすごい剣幕で家にやってきて、わたしに食ってかかった。その晩、わたしたちは言い争ったり話し合ったりし、やっと彼が帰ったあと、夜遅くわたしはベッドに就いた。夜中にジェニンから電話があり、翌朝わたしは二十キロほど車を走らせて彼女に会いに行った。海沿いの村に着くと、小さなコテージやトレーラーの間を探し回り、やっと彼女を見つけた。

ジェニンは子どものようにあごを上げ、唇を震わせて言った。

「シルビーがやってることは正しくないわ」

そう言うと、彼女は表情を変え、悲しそうに話し出した。

「わたしはシルビーを愛している。これからもきっとそう。でもあの人をおいて出てきてよかったと思っているの。帰るつもりはないわ。あの人が彼女のところへ通うのを見ているくらいなら、もう一生会えなくてもいいと思っているのよ」

わたしは彼女の決心に驚いた。なにがあろうと自分の尊厳を守るつもりだというその決意に心を打たれた。彼女はいつも、自分には自尊心がないと言っていたが、いま彼女は自分でも知らないうちに、武器もなく自分を守る術も知らないまま、しゃにむにそれを獲得しようともがいている。

わたしは考えに沈んで家に向かって車を走らせた。家に入ると、タイプライターに挟まった紙の上に、二十四時間前に書きかけていた言葉がそのままあった。それを読んで、なぜこれをとても重要なことだと思ったのか、思い出そうとした。そして気がついた。わたしはここイースト・タンブリルで、人と気軽につきあうようになった。それによって傷つきやすくなったのだ、と。この村には人生が脈打っている。そしてわたしはその中に引き込まれようとしている。この村にやってきたことにより、この村の生活とここで生きることに大きな責任をもたされようとしているのだ、と気がついた。わたしはたんに村の人々のかたわらで生きているのではなく、彼らとともに生きているのだ。クリシュナムルティの本の中にあった言葉を思い出した。

「傷つきやすい、それが生きるということだ。退却するのは、死ぬのと同じことである」

わたしは書きかけの言葉を読み直した。それらはとても弱々しく、命の通っていないものに見えた。わたしは台所へ行って、イーストと小麦粉と卵を混ぜてパンを作り始めた。それは、わたしの中で膨らみだした、なめらかでやわらかく、とても温かなものと釣り合う、衝動的ながら象徴的な行為だった。

イースト・タンブリルに住みついて間もないころ、近くの島にアメリカ人二人が住んでいるという噂を聞いた。彼らに関する話はミステリアスで、挑発的だった。話からわたしが得た印象は、彼らは長髪の中年のカップルで、たまにイースト・タンブリルの海岸にやってくると――それはいつも満月のときだったりして?――手をつないで郵便局や店に出没するというものだった。女性の名前はエレン、男性の名前はジョーだった。二人は島を丸ごと買い、移り住み、自給自足の生活を試みているらしい。彼女は医者で、彼は建築業者だったが、驚いたことに、彼らはセメントの土台ではなく、直接横木の上に家を建てたという噂だった。島には風車がある、あるいはこれから作られるということだった。この人たちの噂を聞いてとてもおもしろそうと思ったので、漠然と、いつか機会があれば会いたいと、話してくれた人に言った。

三月初旬のある晩電話が鳴った。知らない人の声で、もし島に行きたかったら、ブラッドとルーシーが島の住人に郵便物と丸鋸《まるのこ》を届ける用事があるから、翌朝迎えに行ってあげると知らされた。わたしは「ええ、お願いします」と言い、「何時に？」と訊いてから電話を切った。そのとたん、断るべきだったという後悔に駆られた。

わたしはたったいま、会ったこともない人たちの手に自分をゆだねることに同意したのだと気がついた。わたしは見たこともない島で知らない人たちに会うために、生まれて初めてロブスター船に乗り込むのだ。電話をかけてきたのがだれかさえわたしは知らない。わたしはこれまで、数時間でも一日でも、子どもたちを残して外出する場合、かならずしかるべき用意をしてきた。食事の手筈、万一の場合に連絡ができるわたしの出先の電話番号、これらはすべて子どもたちのためにという名目でおこなってきたことだった。いまわたしは、これらの手筈はすべて自分自身の安心のためだったのではないかと疑いだした。今回島に渡ることをメモに書き残すこともできる。でも、だれがそれを読むというのか。わたしが出かけたということをだれが知るというのか。さらに言えば、わたしが帰ってきても帰ってこなくても、だれが気にするというのか。

わたしは遠くの島に連れて行かれ、そこに見捨てられる自分を想像してみた。食べ物は缶詰数個だけ。ああ神様、缶切りがありますように！　身代金を要求する手紙を想像してみる。「金を送れ、さもなければ女を殺す」わたしは息子のクリストファーとジョナサンの預金残高を想像してみる。誘拐犯人たちはコインまで掻《か》き集めた二百ドルで満足するだろうか。息子たちの代わりに身代金を払ってくれそうな人は、だれひとり思いつかなかった。わたしを釈放してもらうために金を払う人間はいないとわかった犯人たちの顔に、嘲りの表情が浮かぶのが見えるようだ。誘拐した人質をどうしたらいいかわからない、ハリウッドの茶番劇のようなことになる……。あるいは、ブラッドとルーシーは、わたしを誘拐したりしない、信じるに足る人たちだということがわかったとしても、彼らの船が安心できないものかもしれない。出発するとすぐに沈むのだ。そしてあとにはなんの痕跡も残らない。そして何週間も何か月も経ち、息子たちがわたしを訪ねてきて空っぽの家に入り、こう言うのだ。「母さんはどこに行ってしまったのだろう。いったいどこにいるんだろう」流しには汚れた皿がそのままある――いつもどおりに。カウチには読みかけの本が、そして上着がなくなっている……。

すべてがきわめて実存的な実験のように思えた。信じることに基づく行動、未知の世界に向かって断崖から飛び降りるような思い切った行動、自分は大丈夫、不死身で活力に溢れていると確信するために周到に用意した、すべてを無視するような行動である。

ブラッドとルーシーは翌朝十時にやってきた。ゴム長靴にセーター、ジャケット、それにキャップをかぶった格好は、どう見ても誘拐犯人たちには見えなかった。ブラッドはやせて前屈み、妻のルーシーはがっしりとした体格で、人柄のよさそうな人だった。わたしは彼らのトラックに乗せられて波止場まで行き、ブラッドの船に乗り込んだ。ロープが船に投げ込まれエンジンが始動し、気がついたときわたしはいつものように陸から海を見ているのではなく、海の上にいた。船のデッキに立って波しぶきと太陽を顔に受け、初めて灯台の裏側を見た。わたしの家が丘の上に慎ましく立っているのが見えた。船は風に逆らいながら沖に出て、通りがかりのロブスター船にあいさつをするために速度を落とし、隣人のニシンの引き綱をチェックするために停止し、出発してから一時間後、やっと島の風下に着いた。

それは樹木が深く生い茂った、縦に五キロほどの長い島だった。島のこちら、南側に有刺鉄線の柵がめぐらされ、舗装されていない土の道が木々に隠れて見えなくなっている。そして三軒の建物の屋根が見えた。トラクターが一台現れ、ゆっくりと岸辺に近づいてきた。小型の平底舟《ドーリー》を海に浮かべると、ジョーがわたしたちの乗っているロブスター船に向かって漕ぎ出した。

ドーリーが近づくにつれて、わたしは笑いをこらえることができなくなった。ジョーは白いあごひげを蓄えた、物静かなやせた男だった——アメリカではよくあるタイプで、べつに挑発的なところはなにもなかった。穏やかにあいさつまで送ってきた。数分後、わたしはドーリーに乗せられて岸に着いた。丸鋸を積むためにもう一度船に引き返す前に、彼は振り返って建物を指さして言った。

「山羊はどこか別のところにいるから、家までの道をじゃまするものはいない。エレンはヘッドチーズ（豚の頭や足などを細かく刻んで香辛料とともに煮てゼリーで固めた料理）を作ってる。家はこの道を歩いていけばすぐにわかるよ」

わたしは簡単な作りのゲートをいくつか通り抜け、泥道を歩いていった。貯蔵庫らしき建物、片流れ屋根の納屋を通り過ぎ、ひなたぼっこをしていた子豚たちに声をかけた。その先にいちばん大きな建物があった。木造で、南向きにガラス窓がたくさんはめ込んであった。子豚たちのブーブーいう声以外はまったく静かだった。まるでシーズン前の、森の中のサマーキャンプのような雰囲気だった。わたしは入り口前の簡素な木の階段を上り、網戸がはまっているドアをノックした。返事があったので、中に足を踏み入れた。

エレンもまた想像とはまったくちがう人だった。壊れそうなほど細身の人で、真っ白い長髪を一つに編んで片方の肩から腰まで垂らしていた。彼女はほんとうにヘッドチーズを作っていた。彼らが処分した最初の豚で作っているのだった。そして、彼女は噂どおり、医者だった。いまでも医者なのよ、と彼女はふざけて言った。昨夜は病気の山羊の看病でほとんど寝ていないの。

その家は大きな一部屋と小さな一部屋でできていた。大きな部屋の真ん中には未開封の箱がいくつも積み重ねられていた。戸棚ができるまで、これらを入れておく場所がないのだ。そしてそんな贅沢なことに取りかかるまでに、しなければならないことがたくさんあるのだった。発電機はあったが、夜数時間、照明用に稼働させるだけだった。冷蔵庫はプロパンガスで稼働していた。暖房は居間の隅々におかれた薪ストーブでまかなわれていた。すでに完成しているコーナーもあった。大きな部屋の片隅にはカウチがおかれ、他の隅にはダイニングテーブル、作業テーブルがあり、南壁にそってエサ用の樽を利用してレタスやキャベツ、プチトマト、それにハーブが育っていた。しかし彼らはたいていの時間、差し掛け屋根の小さな部屋のほうの台所で、薪で焚《た》く料理用のストーブのまわりで過ごしていた。そのストーブ一つで小さなスペースは十分に暖めることができた。壁は粗末な板、トイレは外で汲み取り式だった。医者の住処《すみか》としては思いがけないところだった。

「ここがとても気に入っているの」エレンは言った。「都会でのいろんなつきあいに飽き飽きしてたのよ。ジョーはジョーでやはりうんざりしていたので、出会ってすぐ二人の力を合わせてやってみようということになったの。あっという間に決めたのよ」こんなふうに、と言うように、彼女は指をぱちんと鳴らした。

彼らが島にやってきたのは、わたしがイースト・タンブリルに移住するほんの数か月前のことだった。彼らが島に移住するにあたって、輸送したものの数は信じられないほどだった。すべてが船で運ばれなければならなかった。家畜の飼料畑のための土地を開墾するのにもう一年かかる。それまでの間、飼料はすべて本土から船で運び込まれるのだ。いまのところ、エレンは豚の飼料として、毎日大量のアイリッシュ・モスと魚を茹でている。

ジョーは納屋を見せてくれた。どの止まり木にもめんどりがいっぱい止まっていた。壁沿いの金網の中にはウサギがたくさんいた。山羊の搾乳台《さくにゅう》、生まれたばかりの子豚、そして雌豚たち。わたしたちはエレンとジョーが用意してくれた昼食まで留まった。とても豪勢なランチだった。エレンは一日中家にいて、次から次と新しいグルメフードを作ってみては楽しんでいると打ち明けてくれた。

「でも、それだけじゃないよ。エレンはドライフードを作ったり、缶詰にしたり、塩漬け、保存食も作っている」

とジョーはパイプをくゆらせながら付け加えた。

「そういうことは」とエレンはほほえんで言った。「前はまったくしたことがなかったのよ。いつも忙しすぎて」

彼らはここでも忙しそうだった。文字どおり、夜明けから日暮れまで働きどおしだった。家畜にエサを与え、その世話を実習から学び、薪を割り、森を切り開き、山羊が角で押し倒してしまう柵を作り直し、完全に自給自足の生活ができるゴールに向かって働いている。

「あともう二年ね」

エレンが言った。

「三年だな」ジョーが首を振った。「サウナも建てるつもりだからね」

食事のあと、ジョーとブラッドは丸鋸を試しに海岸へ下りて行った。エレンとルーシーとわたしは海岸を歩きながらおしゃべりをした。お互いをもう少し知るためにそうしたかったのだ。エレンは海辺の近くの畑を見せてくれた。海藻が肥料として積み重ねられた土地に、一年分の豚のエサにするジャガイモを作る計画だった。そのとき突然すぐ近くに一匹の山羊の頭と体半分が現れてわたしを驚かせた。エレンはわたしの視線の先に目をやって、「あれはウィリアムよ」と言った。

一瞬後、もう一匹の頭が現れた。そしてもう一匹と、気がついたときわたしたちは、鼻をすり寄せ、突いたり押したりするヌビア山羊に取り囲まれていた。エレンはその一匹一匹を名前で紹介してくれた。

「島一つと食い物、か」錨《いかり》を上げながらブラッドがつぶやいた。「おれもそんな生活がしたいもんだ」

岸辺で手を振るジョーとエレンを見ながら、彼はうらやましそうに言った。彼の言う意味がわたしにはよくわかった。わたしも同じように感じていたからだ。心惹かれ、夢見心地で、とても平和な気持ちだった。島というものが、じつに特別なものであることに気がついた。イースト・タンブリルまで船はずっと荒波を切って進み、かなり揺れたのだが、わたしはほとんどそれに気がつかなかった。

しかし、それはもちろん、島のせいだけではなかった。あるいは四人の新しい友人を得たためでもなかった。なにかがわたしの中で変わったのだ。最後の神秘的なへその緒——現世と、また、すべてのつまらないものと繫がっていたひも——が断ち切られたのだ。わたしの存在のしかたは変わり、もっとゆるやかなものになった。

第十章　到着と出発、そして変化

イースト・タンブリルに移って最初のクリスマスを、わたしはニュージャージーで過ごした。賃貸アパートの期限はまだ数か月残っていたし、息子のクリストファーがまだそこに住んでニューヨークの大学へ通っていた。わたしがノヴァスコシアからニュージャージーへ行くほうが、二人の息子がイースト・タンブリル村までやってくるよりも簡単だと思ったのだ。

アパートに到着したとき、わたしは混雑と街の明かりと騒音ですっかりくたくたになっていた。一時間後、ジョナサンもやってきた。クリストファーによれば、わたしたちは再会すると、いつも最初の夜と最後の夜、熱心に話をするという。そしてこの二つの時の間は、それぞれが好きなことをしているというのだ。この観察は正しいと思う。明日、キット（クリストファーのニックネーム）は部屋に閉じこもって詩を書くそうだし、ジョナサンは高校時代の友だちに会いに出かけ、わたしは、といえば、到着以来できるだけ見ないようにしている、彼らの部屋の汚れた服の山や、流しの油汚れや、カウンターの上に芸術的にできている水のはね模様を片づけるつもりだった。でも今晩はまだ最初の晩で、キットは最近知り合っただれかの真似をしてみせている。彼は物まね上手だ。ジョナサンはそのジョークに笑いながら、冷蔵庫からコークを取り出している。次は彼がしゃべる番だ。ジョナサンによれば、彼の知るかぎり、わたしたちは、だれが、いつ、なんのために車を使うかを、休暇の最初の日に取り決めない唯一の家族だというのだ。わたしはいつもこのような評定を聞くと驚きを感じる。そして口には出さないけれどもうれしく思う。わたしはこの彼のコメントを、昔キットが幼稚園で描いたわたしの絵といっしょに記憶の中にしっかり綴《と》じ込んだ。当時幼稚園では、ゲゼル博士*とスポック博士*の教えに従って——結果はまったく才能の開発には結びつかなかったけれども——子どもたちは母親のイメージを絵に描くようにと言われ、キットも一生懸命描いた。わたしは彼の描いた笑っている棒を見て、感激した。家族が集まったとき、他の家族は何を話し合うか、子どもたちがわたしをどう見るかなど、わたしには皆目見当もつかない。それはわたしの欠点でもある。

午前二時、わたしは幸せな気分でベッドに就いた。外から聞こえる車の行きから音を聞きながら、今朝わたしはまだイースト・タンブリルにいて、風と波の音を聞いて目を覚ましたのだったと気がついた。とても本当とは思えなかった。イースト・タンブリルは突然、昨日の晩見た夢と同じくらい遠くに感じられた。

翌日の朝、朝食前に、わたしは友人のベッツィーに電話をかけた。わたしは彼女がとても好きなのだが、彼女は決して手紙を書かない人だった。朝早く電話をするのは、彼女がまだ忙しくなる前につかまえなければならないからだった。忙しくなると彼女は電話線を抜いてしまう。それでもつかまらず、やっと夜になって話ができた。

「帰ってきてるの！」ベッツィーは叫んだ。「今度はどれくらいいられるの？」

「二週間」とわたしは答える。「近いうちにランチはどう?」

「ああ、早く会いたいわ、とても待ちきれない」と彼女は答える。

「ランチね。あらいやだ。子どもたちがわたしの予定帳をどこかにやってしまったらしいわ」

わたしはおそるおそる言う。

「ベッツィー、あなた、予定帳に約束を書き込まなきゃならないほど忙しいの?」

「まったくね、そのとおりなのよ。そうしなきゃなんないの。とても覚えきれないのよ」

教会や行政のなんとか委員会がある、カルチャー・スクールのクラス、子どもたちの学校、一週間に一回室内テニス、それに休みの日にはいつものパーティー、ほかにもしなくちゃならないことがいっぱいで……。

「待って、いま予定帳を探してくるから。あったわ!」

彼女は予定帳をめくって、一日ごとに空いている時間を探し始めた。三回も繰り返してから、いっしょにランチができるのはわたしが出発する前日しかないとわかった。わたしたちはそれぞれ、その日にちを厳かにメモした。まるで歯医者に予約を入れるみたいだと思った。電話を切る前に彼女はこうも言った。

「もしその前に時間が空いたら、電話するわね。来週の火曜日の予定がもしかするとキャンセルになるかも……」

都会の生活がどんなに忙しいものか、わたしはすっかり忘れていた。


わたしはクリスマス・ショッピングを始めた。イースト・タンブリルではシンプトン・シアーズやイートンのカタログを見て注文し、配達まで一か月も待つのだから、これはまったく、めったに味わえない楽しみといってよかった。ショッピング・リストは長いものになった。そしてわたしは品物の豊富さと輝きにすっかり目がくらみ、賢い商品に感心し、素晴らしい可能性に胸を躍らせて店から店へと歩き回った。すっかり感激して、わたしは両手いっぱいに買い物を抱えて帰宅した。

だが、二回目の略奪（！）のとき、奇妙なことが起きた。わたしはデパートの一階にいた。ハンドバッグ売場がわたしの南に、紳士用シルクシャツが東に、パステルカラーの化粧品と香水売場が西に、手袋、スカーフ、傘の売場が北にあった。突然、予期せぬことに、不安感に襲われた。あまりにものが多すぎる。数か月簡素な生活をしてきたわたしは、圧倒され、窒息しそうになった。わたしは必要不可欠なものだけで暮らす生活に慣れていた。だが、そのときわたしのまわりは、なくてもいいようなものばかりで溢れていた。すべてが磨き立てられ、飾り立てられ、ファンタジーに溢れ、風刺化され、絹のように見せかけられ、膨らまされていた。嫌悪感がこみ上げて、わたしはきびすを返してその場から逃げだした。

ある晩、ジャネットとロッド・パットナム夫妻といっしょに、ディナーパーティーに出かけた。ジャネットとロッドとは十年来の友人だった。昨今のつきあいから見れば、古い友人たちといってよかった。招かれた家は新築で、わたしたちは家の中を見せてもらい、ほめたたえ、その合間に共通の友人たちの近況を話したりした。コーヒーの時間になると、その家の主人がわたしのほうに顔を向けてこう言った。
「さあ、このへんでノヴァスコシアの話をしてもらいましょうか。うらやましいかぎりだな」

「そうよ」と彼の妻が言った。「お話をうかがいたいわ。たとえば、毎日どう過ごしていらっしゃるの?」

わたしが答えようとしたとき、ジャネットが口を挟んだ。そして早口で、短く、払いのけるように言った。

「あら、それなら、わたしが話してあげられるわ。夜明けに起きて、薪を割って、牛の乳を搾って、火を焚いて、少し机に向かって、魚を食べて、日没にベッド入り。それより」と彼女は続けた。「ジョンソン夫妻の離婚について、なにか聞いてる?」

前にも言ったように、わたしはジャネットを十年も知っている。いつもこんなに情味のない人だったのかしら。

出会い——真の意味での出会い——があった。それも、おかしなことに、場所は電気部品の小売店だった。わたしは引っ越しのときになくした電気天井細板なるものを探していた。ノヴァスコシアにはないもので、ここで絶対に見つけて帰ると決心していて、ショッピング・リストの上位に書かれているものだった。

わたしの注文を聞いた店主は長い時間探していたが、店にあった最後の商品が見つかったときは、わたしと同じくらい喜んだ。電気工事の人が取り付け方がわからないときのために、わたしによく説明してほしいとたのむと、彼はこう言った。

「もしなにかわからないことがあったら、直接うちの店に電話するように電気工事人に言えばいいよ」

そんなに簡単じゃないかもしれないのよ、ノヴァスコシアに住んでいるから、とわたしは答えた。

「ノヴァスコシア?」彼は顔を輝かせた。「じつは女房とわしはノヴァスコシアにとても関心があるんだ。住み心地はどうだい? 村の人たちは親切かな?」

「ええ、それはとても」と答えて、わたしは自分の計画を話した。「畑を作ってらっしゃる?」

「ああ、時間の許すかぎり」と彼は言った。「あんたはどのくらいの土地を持っているのかね? わしはあと二年ほどで引退するから、女房とウィスコンシンかノヴァスコシアに移りたいと話しているところだよ。ここはもう人が住むところじゃない。変わったよ、ここは。人のことなどだれもかまいやしない。忙しすぎるんだ。だがいったいなんでそんなに忙しいかわかるかい？　大した用事じゃないのさ」

「どうしてこんなことになってしまったとお思いになる？」

「海に急ぐレミング（ハタネズミの一種。繁殖しすぎると集団で移動し、大量に溺死することがある）と同じさ」と彼は肩をすくめた。

「そういう雰囲気があるのよ、ここには」とわたしは言った。「帰ってきてまだ二日しか経っていないのに、わたしもまたせかせかし始めているわ。どうしてもそうなってしまうのよ」

それからわたしたちは野菜栽培のこと、田舎の土地のこと、大事なことにふたたび心を注ぐこと、なぜそれが大事と思うかなどを話し合った。新しい客が入ってきたので、わたしたちは握手し、彼は幸運を祈るとわたしに言い、わたしも彼にそう言った。

「おかげで楽しかった」

と彼は言い、わたしたちは温かい気持ちで別れた。心の中の一番いいもの、夢を交換し合って。

当節、人生はすごいスピードで動く。その速度はますます速くなる。そして逆説的なことに、わたしたちは不変なものを求めて、その中でどんどん速く動くのだ。変化がもたらすものに嫉妬し、不変性に腹を立てる。それはきっと、わたしたちの奥深くに埋められた認識のせいだ。それは、いつか最終的な変化が起きて、わたしたち全部を地球の表面から払い落としてしまうという認識である。だが、わたしたちにはちっとも一貫性がない。わたしたちは、変化によって人生からなにかが、あるいはだれかが失われるとひどく怒る。それを喪失と呼ぶ。しかし変化によってなにかが人生に加えられると、それを当然のことと見なし、これもまた変化であることを忘れてしまう。人生はいつも公平で、つねに動いている。生きていくうえでできる関係はすべて成長するか、終わるものだ。たまにちょっとの間宙づりの状態にいることもあるが、それもまもなくゆっくりと成長か衰退に向かって容赦なく動いていく。思い出さえも思い出となるやいなや生きてはいない。板の上にピンで留められた蝶のようなものだ。思い出とともに生きるのは、死んだものとともに生きるのと同じだ。経験の衝撃はわたしたちを一度は変えるが、二度変えることはない。

わたしたちは変化の引き算や掛け算をそのまま受容するよりほかないのだ。毎日、毎時間、わたしたちは時計のチクタクという音とともに人生の一部を失っていく。両親を失い、妻、夫、結婚、友人、子ども、夢を失う。だが、一つだけ言い足さなければならないことがある。なにかが終われば必ずなにかが始まるということだ。これもまた、人生の法則である。

エマーソンはその美しいエッセイ『代償』の中でこう言っている。「愛する友人、妻、兄弟、恋人の死は、当初は喪失以外のなにものにも見えないだろう。だが少し時間がたつと、案内人あるいは守護神の様相を呈してくる。なぜならそれは、ときにわれわれの人生に革命をもたらすからだ。いずれ終わらなければならなかった幼年時代、青年時代を終結させ、慣れた仕事や家事、あるいはライフスタイルに変化を与え、そして人格の成長をうながす、新しいものを形成する手伝いをする」

「そして男であれ、女であれ、日当たりのいい庭の花一本を残された人は――壁が崩れ落ち、庭師が手入れを怠ったせいで、その花にはもはや根を張るスペースもなく、日も照りすぎているのだが――、森のバンヤンの木になるのだ。それは広く周囲の人々に木陰と果実を与えるものとなる」

肝心なことは、変化しなければ、わたしたちは『わが町』*のエミリーのように、人生のある日、ある時を選ばなければならなくなる。そしてその時に釘付けにされるのだ。同じところをぐるぐる回り、外に足を踏み出すこともできず、動くことも成長することもできなくなる。なぜなら新しい考えをもつこともまた、わたしたちを変えてしまうからだ。実際、そのように生きている人たちがいる。変化を嫌う人たちだ。そんな人たちは死んでしまう。物理的にではなく、心が死んでしまうのだ。わたしたちのまわりには、思っている以上に死んだまま生きている人たちがいる。

また、わたしたちは変化を速めることができない。変化はそれ自体の暦をもっている。人生における最良の、ユニークな曲がり角は、けっして強いられたものではない。その根はわたしたちの中に長い時間をかけて育つのだ。わたしたちが気づかないうちに、ユングが呼ぶところの〈意味のある偶然〉の時を待って。それは遭遇の機会、耳に響く一節、出会い、招待、洞察、啓示などのかたちをとる。人生がわたしたちに求めることは、ただ一つ、変化のヒントに対し目を開け胸を開くこと。真に関心があることを、無理に、あるいはでたらめに為《な》す人はいない。振り返ってみれば、イーストのようになにかがわたしたちの中で膨らんだのがわかるはず。よくよく注意してみると、成長する方向にわたしたちは従っているのだ。

わたしはかつて自分の人生には変化がないと思っていた。すべてがすでに決まっていて、わたしにはまったく手を出すこともできない、と思っていた。そして日記にこう書いた。

「なにも変わらないのか？　人生は永久にこのままなのか？」そしてわたしは欲求不満と絶望から〝永久に〟という単語をページのいちばん下の罫《けい》まで繰り返し書いた。わたしはもう人生を終わらせようと思って、屋根裏の古いトランクからピストルを引っぱり出すところまでいった。「あと数か月待ってみよう。もしあと一時間生きられたら、一日生きられるかもしれない。もし一日生きられたらカレンダーのその日に×印をつけるのだ。そんなふうにして一週間生きられるかもしれない」

十日後、わたしは×印をつけるのを忘れてしまっていた。そして二か月後にはすっかり元気になっていた。そして希望に満ちていた。人生はいつも動いている。そしてできごとや状況はもちろんのこと、わたしまでを変えてしまっていた。死のうかと思うほどのところまでわたしを運んだ流れはまた、その時点をも超えるところまでわたしを運んでいった。人生は決して留まらない。もしそうと知っていたら、わたしはもっと信念をもって生きただろうと思う。

しかし、あの日わたしが向き合ったのは死ではなかった。それは人生だった。そして変化と成長だった。

中国人は三千年も前に変化の本、『易経』(" Book of Changes ")を書いた。これはおそらく人間が書いた初の外なる宇宙と内なる宇宙の記録だろう。『易経』は占いの本として読まれてきたが、その英知は儒教と道教を育てた。そのページをめくるだけで人生の動きをのぞき見ることができる。妨害のあとには救済が、煽動のあとには平和が、出発のあとには帰郷がある。ユングは人生を「流動、未来に注ぎ流れるもの」と呼んだ。サン＝テグジュペリは「人生は動きによって持続する。土台によってではなく」と言っている。

クリスマスツリーからスモールランプを取りはずし、デコレーションを翌年のためにしまった。キットの大学の授業が始まり、ジョナサンはスーツケースに荷物を詰めた。わたしは山ほど洗濯し、自分の切符の予約をした。この二週間、わたしはイースト・タンブリルでの生活が現実的なものに思えなかったが、自分の中に奇妙な喪失感が生まれていることに気がついた。

飛行機がノヴァスコシアに着陸したとき、地面はまだ茶色のままで陽光が燦々と降り注いでいた。ボストンでは雪が降っていたが、ここでは降っていなかった。駐車場へ行って車を取り出すとイースト・タンブリルへ向かって走りはじめた。早くもわたしの目はこの土地のスペースと空と海に順応し始めていた。パンとミルクを買おうとして雑貨店に寄ると、店主のエミールが満面の笑みで迎えてくれた。

「帰ってきたんだね？　愉快な旅だったかい？」

「ええ」とわたしは答えた。「クリスマスはいかがでした？」

そこからまた車を走らせた。家に着き車を停めると、玄関ドアの鍵を開けた。わたしはタイプライターを運び込み、ジーンズとブーツに着替えてすぐに海岸に向かった。強い北西の風がそれまで日が照っていた港を濃紺に変えていた。白い高波が岸辺に押し寄せ、空気はしょっぱく冷たかった。

わたしは平らな高い岩に登って、声を限りに叫んだ。

「*友人よ、ローマ市民よ、わが同胞よ……」

近くにいたカモメが驚いて飛び立った。風がわたしの言葉を吹き散らした。わたしは笑い、岩を下りてスーツケースから荷物を出すために丘の上のわが家に戻った。さあ、今度はあの忙しさを、新しい皮膚のようになってしまったあのとんでもない効率の良さを、わたしの暮らしから追い出すときだ。きのうのこの時間は、ジョナサンを駅に送って行き、銀行で用事を済ませ、近くのスーパーへ買い物に行き、それから——ああ、ベッツィーとあのあわただしいランチをしたんだっけ。あわただしかったのは、今度はわたしのほうだった。時間がなくなってしまったからだ。いま、イースト・タンブリルから見ると、あの世界のほうが非現実的に見える。

到着と出発、損失と利益……。人生の出納帳のバランスは決してとれないものだ。平衡性と安定性が永久に続くという感覚は、わたしたちの内側から湧いてくるものでなければならない。わたしたち人間は沖に出る小さなボートのようなもの。ときには集団で、ときにはたった一隻で漕ぎ出すのだ。景色と登場人物は変わり続ける。エマーソンが指摘したように、わたしたちに平和をもたらすものはわたしたち自身であり、それ以外のものではないのだ。

第十一章　男と女

七年か八年前のこと、わたしは知人の医者と話をしていた。わたしたち家族は引っ越してきたばかりで、彼はわたしたちがその町に馴染むよう、いろいろと親切に相談に乗ってくれた。話の最中、突然彼はまるで解決しなければならない問題であるかのようにわたしをながめ、両手の指先を合わせてとがった三角の屋根を作り、その上から重大な話をするかのように言った。

「知っていますか、あなたはとてもいい奥さんになれるということを？　再婚を考えたことはありませんか？」

結婚はおそらく人が人生で達成できる、もっとも創造的でもっとも満足が得られるものだろうと思う、とわたしは答えた。ただ、わたしは結婚してもいいと思える男性にまだ巡り会っていないのだ、と。

彼はわかっていると言うように、うなずいた。

「あなたのお子さんたちだ」

わたしはびっくりした。

「わたしの、なんですって？」

「お子さんたちが男性を遠ざけるんですよ。男は子どもを養育しなければならない。大学にも行かせなければならない。どんなにいい男でも後込《しりご》みしちゃいますよ」

わたしは驚いて言った。

「まあ、驚いた。お言葉ですけど、わたくし、子どもたちを十分に自分の手で養っていますわ」

そしてわたしは去年の収入額を彼に教えた。

今度は彼がびっくりする番だった。彼はとがめるようにこう言った。

「いやしかし、あなたはそんなに稼いでいるようには見えませんな」

わたしは憤然として言った。

「わたしの着ているものや稼ぎ高を測って近づくような男性は、お断りですわ」

するると彼は苦々しそうに言った。

「いや、男性のほうもお断りですよ」

それで会話は終わったが、それ以来、このようなことは何度も言われた。わたしが誤解していなければ、とても深刻な派生的効果を伴って。この医者は〝派手ではないがきれいにしていること〟だけでは十分ではない、と言っているのだ。包装が必要だというのである。もし結婚したいのだったら、快適で日当たりのいい小さな家に住むかわりに、大きな屋敷（おそらく大きなローンも抱えて）に住み、外出するときは必ずファッション雑誌からそのまま出てきたような格好をしていなければならない。男性はそれで初めて、わたしが知り合いになるに足る、結婚するに足る女性であることがわかるのだ、と。

あの医者はもしかすると正しいのかもしれない。わたしにはわからない。問題はなにがほしいかである。わたし自身は人を収入や所有しているもので測ることはできない。また、そのような価値観をもっている人々は、わたしにとってなんの魅力もない。その結果、わたしは孤独になる。だが、わたしにはもともと特殊な傾向がある。雑誌などの美容のページで〈以前〉と〈以後〉の写真を見ると、たいてい〈以前〉のほうが美しいと思ってしまうのだ。きっとこれがわたしの欠点なのだろう。

イースト・タンブリルでは、三つめの畑を作る手伝いに来てくれたフランクが、仕事のあと少し残っておしゃべりをした。そして、一人暮らしは寂しくないか、と聞いた。わたしの答えを聞くと、彼は一瞬黙ったが、にやりと笑って、よっぽど男が嫌いなのだろうな、一人暮らしに満足だなんて、と言った。これは少なくとも直接的な反応だ。少なくともフランクはわたしが生活全部を取り替えるべきだとは考えない。

いつの日か、男と女は不審と疑惑の割れ目越しに向かい合うのをやめる日が来るだろう。そして友だちになれる日が来るだろう。友情こそ結婚の最善の土台だとわたしは思う。わたしは結婚していたことがあるが、わたしたちは決して友だちになれなかった。すべてが崩れてしまったとき、わたしたちには再建のための枠となりうるものがなかった。友人たちは興味津々にわたしがなにを求めているのかと聞く。彼らはわたしの要求が高すぎる、あるいはひどく満足しにくい人間になっていると思っているのだ。わたしは〈優しさ〉と〈友情〉と答える。たとえ背がとても低くて一文無しでも、もしその男性が女性と友情を交わすことができる人なら、わたしはこの世の果てまでもその人について行く。友情とは、共通の理解、共通のユーモア、ある種の率直さと正直さを意味する。結婚するとき、これくらいも要求しないで結婚する人は大勢いる。

男性とこのような友情が可能であることを、男の子たちといっしょに育ったわたしは知っている。じつを言うと、わたしは十歳まで女の子の友だちがいなかった。だが、ある男の子とは、だれよりも親しかった。彼ほど親しかった人は、いままで一人もいないほどだ。十歳のときも、十一歳、十二歳、十三歳のときも、わたしたちは反抗を、信頼を、希望を、夢を、恐れを、そして完全な平等を分かち合った。とてもよいものだった。だからわたしは女の子と男の子の間に友情は可能だということを知っている。男と女の間には、わからない。

わたしが子ども時代にもっとも親しかったその男の子は、まだ若いうちに事故で死んでしまった。だから、大人になった彼はどうだったか、果たしてあのような友情をわたしに対してもち続けたかどうか、推し量ることはできない。だが、彼ほど親しくはなかったが子ども時代によくつきあっていた男の子の一人と会ったことがある。じつを言うと、それほど昔のことではない。一度だけ参加した同級会でばったり会ったのだ。その男の子、アーサーとはローラースケートをしたり、ちびっ子ギャング団をいっしょに作ったり、雪合戦をしたり、子ども同士で遊びのキスをしたりした仲だった。彼が講堂の床を横切ってわたしのテーブルのそばを通り過ぎたとき、わたしは躍り上がって彼を呼んだ。

「アーサー！　まあ、驚いた！　アーサー・ベイベリーじゃない？」

彼は振り返ってわたしを見た。

その冷たい視線の下で、わたしは弱々しく言う自分の声を聞いた。

「ドロシーよ、覚えている？　ハンディー・ストリートで雪合戦をしたちびっ子ギャングの一人よ。よくローラースケートで遊んだわね？」

彼は片方の眉を上げて不機嫌そうに言った。

「まいったな。そんなことはけっして話さないでほしいものだ」

カチカチの大人のイメージを崩さずに、握手ひとつせず、彼はわたしの人生からふたたび離れていった。それでおしまい。

わたしは腰を下ろして、いっしょのテーブルの人に言った。

「ああ、驚いた。どうしたの、あの人？」

「アーサーは会社の重役なのよ」と友だちは言った。「キャリアの手始めに、四度結婚し、四度離婚しているわ」

大人になる過程でアーサーになにかが起きたのだろう。彼はいま口を真一文字に結び、冷酷で、もはや傷つかない、そして安全なところにいる人だった。人生はここにも一人、負傷者を生み出したのだ。アーサーはきっとこれからも洗濯機を買い替えるように妻を取り替えていくのだろう。そして愛についてますます冷笑的になっていくのだろう。

女も人生の負傷者だ。いや、特に女はそうなのだ。わたしは豪華で手に余る家にしがみついている未亡人や離婚した女に何人も会った。中には若い女もいた。立派な家がなければ、自分のアイデンティティがないように思うからだ。その家を出て、自分の手でアイデンティティを探そうという考えはまるでない。あり得ない救出の手が差し伸べられるのをじっと待っている女たちにも会った。明日、いや来月、いや来年こそ……と。彼女たちは自分で自分を救うことができるとは思えないのだ。

「どうしたら女は生き抜くことを学べるのだろう？　また、どうしたら生き抜くことが大事だと認識することを学べるのだろう？」と『女性と狂気』の中で問いかけているのはフィリス・チェスラー*だ。「*どうしたら女は自己犠牲、罪悪感、世間知らず、心細さ、狂気、哀しみを女性らしさのイメージからなくすことができるのだろう？　女は、なんらかの方法で、ものごと、考え、人々を心配することなどから自由にならなければならない」

イエス、わたしはフェミニストだ。わたしは女性が好きだ。しかし、わたしたちは長い間男性中心に生きてきたので、男性が評価してくれないかぎり自分たちにはなんの価値もないと信じるようになってしまっている。それがどんなにもったいないことかを思い、わたしは憤《いきどお》る。一人で生きること──配偶者に先立たれた人であれ、離婚した人であれ、結婚したことがない人であれ、女であれ男であれ──には、特別の義務──責任と言ってもいい──があるとわたしは思う。それは他の人と少しちがったふうに生きることだ。生き生きと、陽気に。家庭に引っ込んでしまった人たちには閉ざされてしまった、冒険を楽しむ感覚をもって。結婚した人たちにできないことはたくさんある。たしかに世の中はカップル中心だ。これからもきっとそうだろう。だが、結婚した人々は非常に制限のある生活をしていることが多い。そしてしばしばその生活は退屈である。

わたしは空費が嫌いである。悪、あるいは罪、あるいは邪悪を定義せよと言われたら、わたしはむだに費やすことと答える。才能の空費、可能性の空費、自由の空費、女であれ男であれ、食べ物であれ地球の資源であれ、空費ほどもったいないものはない。刑務所、貧困、孤立、劣悪な教育、汚染、それに日の光よりも暗闇を好むとき、人々に起きることもここに含まれる。

比較的最近のことだが、わたしは昔のクラスメートから手紙を受け取った。最近は音信不通になっていた。正直に言えば、彼女と連絡を取り合うことにわたしはさほど熱心ではなかった。それは夫が死んでから、彼女の手紙はまさに自己憐憫《れんびん》以外のなにものでもなくなっていたからだ。わたしが苛立つのは、一つには彼女がとても才能のある女性だったからだが、もう一つ、彼女の夫はかなりひどい男だったと知っているからである。亭主関白でアルコール中毒でもあった。

夫が亡くなると、シビルは引きこもり、夫を聖人の位にまで崇《あが》めたてた。わたしは彼女を揺さぶって、「しっかりして、あなたが生きる番よ！」と言いたかった。

シビルの手紙はまさに恍惚《こうこつ》として、光り輝いていた。シビルはいま最高潮に達していた。どの行にも情熱が溢れ、その手紙は感情がほとばしっていた。彼女は人生の救済者になり、すっかり舞い上がっていた。なにが彼女にそうさせているのかというと、いま彼女は不治の病で病院のベッドから手紙を書いているのだ。

シビルはショック、、、から悟りを開いたのだ。

彼女の手紙に返事を書くのは、とてもむずかしいものになりそうだ。手紙はじつに美しい。彼女の歓喜に出会って、わたしはひざまずきたいという気持ちさえ起きた。しかし、生きることの意義、いまを生きること、その覚醒について語るシビルに、それはずっとあなたのそばにあったのだ、あなたが気づかないだけだったのだという思いをもっているわたしには、単純に祝福することができない。

それまでの人生がむなしく費やされたではないか、もったいないではないかという思いがある。

わたしは人生の半分を、審判の日というものがあるといういびつな信念を抱いて過ごした人間である。その日、わたしたちは一人ひとり、自分がどのように生きたかを、聖書に喩《たと》えられているように神から与えられた一つの、あるいは二つの、あるいは三つの才能をどうしたかについて、正直に報告するのだ。この最後の面談のとき、神は大きな質問をなさる。そしてわたしたちは答えるのだ。

「それについては、神様、わたしは子どもたちのためにこれこれこういうことをしたのです。ご存じのように子どもたちのために親が犠牲になることは山ほどありますからね。それから夫のためには、あれをこのようにやって、そうこうしているうちに……」

すると神様は辛抱強く（というのも、神の前では男も女もちがいがないのだから）こうおっしゃるのだ。

「よろしい、愛する子よ。だが、わたしがあなたに才能を授けたときには、夫も子どももいなかったではないか。彼らはあなたが自分で選んだもの。ゆえに、いまわたしが聞いていることとはまったく関係がない。わたしの問いは、わたしが授けた才能はどうなったか、ということだ。わたしは心と同じくあなたに頭脳を与えた。喜ぶ能力、尊厳と知識欲、特別にあなたに与えた個性、一人の人間として成長し、さらに大きくなる能力、これらはどうなったのかと聞いているのだ」

　わたしにとっても子どもたちにとっても、わたしがイースト・タンブリルに移り住んだのはよかったと思う。上の息子は、根《ね》は伝統信奉者だ。昔からの家族、家庭だけが彼の認めるものだ。だが、わたしはそんな家族を長いこと見てきたが、そこに現れたものが好きになれなかった。それはもはやありもしないいろりで火を焚き、未来ではなく過去を思い永遠に待ち続けるペネロペ（ギリシャ神話。オデュッセウスの妻。二十年間夫の不在中、貞節を守り続けた）の姿だった。長い間、わたしたち家族は三人だけでやってきた。そして子どもたちが手を伸ばせばわたしはいつでもそばにいた。いま、わたしたちはお互いもっとよくつきあえるようになったと思う。ジョナサンのほうがこれをはっきり認識しているようだ。彼の専攻は心理学で、いま彼は男女の性別によるステレオタイプの研究をしている。彼の世代はまだ答えがわからないかもしれないが、問いを発し始めていることはたしかだ。

第十二章　目に見えないもの、そして憶測

冬のある日、わたしは窓からキジの家族が食べ物を探して、家の下方の茂みから飛び出したのを見た。彼らは大胆にも小道のほうまで出てきた。キジの首はわたしがいままで見た中でもっとも美しいSの形を描いていた。また別の冬、招かれざる居候《いそうろう》が家に住み着いた。リスかネズミだろう。台所の壁の中にいた。一度も姿を見たことはなかったが、居候とわたしはかなり親しくなった。夕食時間、わたしがテーブルに着くと、それは台所のドアから入ってきて壁の中に潜り込む。そして天井裏を走ってわたしの頭上でぴたりと止まる。そこまで来るのに時間がかかってガサゴソと落ち着かない音を出すときは、わたしはいすの上に乗って、天井をコツコツとこぶしでノックするのだ。この家のゲストでいたかったら、静かにしなさいとい

う合図だ。こうしておけば、翌日の夕食時間まで彼は音をたてない。時間を守ることにかけてはわたし以上だ。

動物や昆虫には彼らなりの意識がある。それはわたしたちが想像する以上のものだとわたしは思う。庭のコンフリーに花が咲くと、蜂の大群がやってくる。大きく育ったコンフリーに無数の蜂が群がる。コンフリーの葉っぱを採りに出るのが遅かったりすると、蜂の大群と鉢合わせすることがある。わたしは彼らに害を与えるつもりはないと率直に言う。ときには同じ葉っぱを狙ったりすることもあるが、蜂はわたしといつも仲良く分け合う。わたしは一度も彼らに刺されたことがない。ある夕暮れ、わたしは家の下のほうの小道でブルーベリーを摘んでいた。するとすぐ近くで小鳥がさえずっているのが聞こえた。三メートル半ほどのところにあるハンノキの細い枝に止まっている。わたしが次のブルーベリーの茂みに移ると、小鳥はわたしについて来て、またもや三メートル半ばかり離れたところの別のハンノキの枝に止まって美しい声で鳴いた。そのようにしてわたしたちはずっといっしょに海岸まで下りていった。小鳥がなにを話しているのか、理解できたらどんなにいいことか、とわたしは思った。これを読んだ人は、蜂や小鳥がわたしを〝認識できる〟と言っているのか、と思うだろうが、そう思われてもかまわない。わたしは人間の言葉以外の言葉があるのではないかと思っている。

わたしは目に見えないものの蒐集家だ。目に見えないものはわたしを魅了する。超感覚的な知覚（ESP）のいい点は、わたしたちがまだすべてを知り尽くしているわけではないことを証明するところだ。それどころか、わたしたちが知っていることはごくわずかであるということを教えてくれる。その認識のほうが傲慢《ごうまん》ではないし、ずっと健全だ。わたしたちには非常に限られた知覚しかない。わたしたちの反応は、太陽から地球に光が届くのに八分もかかるのと同じくらい、ゆっくりかもしれない。わたしたちは触れるもの、味わえるもの、においが嗅げるもの、目に見えるものに順応する。ゆえに生きていくうえでどれほど目に見えないものが多いかに気がつかない。たとえば、愛がそうだ。考え、神、未来、時間、信頼、希望がそうだ。わたしたちに明るさを与える電気だって目に見えないものだ。

わたしたち自身、本来は目に見えないものなのだ――ほかの人たちには大事な部分は見えないという意味において。わたしたちの考えや感情は目に見えるものではないからだ。わたしたちは氷山のようだ。ほんのわずかな一角だけが見え、残りは隠されている。だが隠されている部分もまた活発に生きているのだ。人と話すとき、わたしは話したいと思うことを話す。どこまで正直に話すか、どこまでオープンに話すかは相手による。答えるとき、人は知っているたくさんの情報の中から選んで答える。話す中身の検閲も、相手に合わせて適当にアレンジするのも自分だ。そして相手が本当のことを話さないときには、勝手に深く探ることはできない。世の中には固く口金をかぶせられたワインの瓶のような人々がいる。まったく人を寄せつけない人々だ。そのような人々は考えも感情もけっして表さない。もしそのような人々と長い間つきあってきたとしても――嫌々ながらであれ――あなたは彼らを知っているとは言えない。その人たちはまるでぺったんこの紙人形のようだ。もしあなたがそんな人たちと数時間いっしょに過ごさなければならないことがあったら、

「彼らは自分からは共存感を示さないまま、あなたから一人でいる感覚を奪ってしまうだろう」

モーリス・ニコルはこう書いている。

「*わたしには、だれかを知っていると言うことはできない。同じようにだれかがわたしのことを知っていると言うことも不可能だ。わたしにはあなたの体の動きや外見は見えるが、あなたの中は見えない。あなたがなんであるかを知らない。またけっして知ることはできない……。あなただけが直接知ることができるのだ。わたしもほかの人たちもあなたを見ることができるし、聞くこともできる。世界中があなたを見ることができるし、聞くことができる。しかし、あなたを知ることができるのはあなただけだ」

先日、わたしはニューヨーク・タイムズ紙で一家族の中でおこなわれた腎臓移植に関する記事を読んだ。腎臓提供者と被提供者の動機《モチベーション》が議論されていた。それは非常に重要なことのようだった。腎臓移植が成功するのは「提供者と被提供者の思い《ファンタジー》が一致する」場合に多いという医者の言葉が引用されていた。この医者は腎臓提供者である姉が渋々同意したケースについて話し、「この二人の姉妹の間でおこなわれた移植手術は、もしこの姉妹が手術によってふたたび仲良くなることを信

じていたら、うまくいっていたかもしれない」とコメントしている。二人の姉妹の間には怒りの感情があったので、医者はこの腎臓移植がうまくいかないことを予測していたのだった。――そしてそれはそのとおりになった（ニューヨーク・タイムズ、一九七七年七月十五日）。

血液型さえ適合すれば、腎臓は腎臓にすぎない、と人は思うだろう。顕微鏡では見えないどんな不思議な魔力が、憎しみや憤りを腎臓にくっつけて移植させたのだろう？

わたしはあるとき、非常に気の毒に思う人のことを精神科医に話した。

「なるほど」と医者はうなずきながら言った。「不思議じゃありませんか。わたしまでその男性を気の毒と思うなんて」

その口調のなにかがわたしの注意を引き、わたしは思わず医者の顔を見た。

「どういうことですの？」

「その人は、自分のことを非常に哀れだと思っているのではないですか？　だから、あなたに自分のことを気の毒に思ってほしいのですよ。人はなんとなくそういうことをキャッチするものです」

当時、わたしはそんなことは考えたこともなかった。新しい発見だった。しかし、その後わたしはそれを何度も試してみたが、まったくそのとおりだった。昔、近所に陽気でチャーミングな女性がいた。だが、彼女に会うと、わたしはいつもめまいに襲われた。暗い気分になり楽観的なものの見方ができなくなった。そしてとうとう、彼女のチャーミングな容貌の陰から、まるで〈スター・トレック〉のフェイザーガンのように破壊的な光線が発せられていることに気がついた。最後に会ったとき、彼女はみんな一度会うと二度と会いにこないと不満を言っていた。わたしは彼女にその理由を教えてあげればよかったと思った。代償が大きすぎるのだ、彼女に会うと恢復するまで長い時間がかかるのだ、と。

いまでは人に会えば必ずなんらかの影響を受けることを承知している。そしてもはやわたしはそれを偶然とは呼ばない。意識しているかどうかにかかわらず、わたしたちはみんな伝達の基地なのだ。そこでわたしたちは目に見えないシグナルや周波数が高すぎて、ふつうの耳ではとらえられないシグナルを送信したり受信したりしている。そしてわたしたちの中の〈なにか〉がそのことを知っているのだ。〈なにか〉。それは意識かもしれないし無意識かもしれない。とにかく、それがわたしたちの人生の舵《かじ》であり帆となる。そしてそれは時間の観念を超えたなんらかの知識に基づいてわたしたちを案内し指令を発する。予知もまた現代の論理のどんな法則から見ても説明不可能なものだ。しかし、実際に予知することはあり得る。それを疑う人は、わたしが一九五〇年代に書いたある短編小説を読んでいただくとわかる。それは、一見平和だったわたしの私生活が、ロングフェローの詩『ワン・ホス・シェイ』*のように、突然に壊れるより十年以上前に書いた短編小説だった。これを書いたころ、わたしは〈完璧な夫婦〉のかたわれ、〈理想的結婚〉をしている当人だった。だれかがそのときわたしの未来像を見せてくれたら、だれよりも本人がいちばん驚いただろう。その短編小説の中では、セイト・ティンバルという老女がバークシャーの町で息を引き取ろうとしていた。過去を振り返り、老女は四十歳のときに終わった結婚を思い浮かべる。あるできごとがあり、それが離婚に繋がったのだった。物語はそのできごとについて書いたもので、老女は四つの文章で自分の結婚を分析した。当時のわたしには備わっていなかった洞察力と知識がなしたことだった。そのときわたしが書いた言葉は、それからほぼ十年後、わたしが四十歳のときに精神科医から何度も聞かされた言葉と一字一句ちがわないものだった。物語の中心となるできごとは、実際にわたしにも起きた。いま思えば、その物語を書くことによって、わたしはまだ起きていないことを未来から振り返って見ているような、わたしの中で〈なにか〉がすでにこれから起きることを知っていたような、そんな気がする。

精神もまた目に見えない、触れることができないものである。エピクテトス*は「人間は死体を運ぶ小さな魂」であると言う。かなり陰気な比喩だが、ある意味で真実だ。もしかするとそれは、「精神によって行動させられている肉体の殻」とか、生命によって満たされた、あるいは半分満たされた空っぽの器、と言い換えることができるだろう。

『透明な自己』でシドニー・ジョラード博士*は、人間が生きている間に身体に宿る、顕在化しないあらゆる病気とウイルスについて記載し、その中で彼は、真に問われるべきは「人間はなぜ病気にかかるのか?・」ではなく「なぜ人間はひっきりなしに病気にかからないのか?・」であると言っている。ジョラード博士は、精神がわたしたちの体から抜けたときに、人は病気にかかるのだと言う。精神がわたしたちの体に入っているとき、人は幸福で、満足していて、創造的である。そのようなとき、人を病気にするのと同じウイルスが、体の中に入り込むことはできないのだ、と。

ジョラード博士は想像上の天秤を前に置く。それで精神を測定するのだ。〈精神の滴定《てきてい》濃度〉と彼は呼ぶ。「さて、もし精神の滴定濃度が一から一〇〇まで天秤の目盛りで測れるとしたら、そして通常の濃度が三〇から六〇だとすれば」と彼は推論する。「四五のレベルで形態上の〝生物学的〟行動は可能だが、身体組織は偏在する細菌やウイルスやストレス――これはまさに〝体面〟を重んじるあまり、無理をした生き方がもたらす容赦ない結果である――の影響に十分に抵抗力をもつものではない」

ああ、体面がここで出てくるとは!

しかし、「精神の滴定濃度が健康を保持できるレベル――いま仮に二〇から三〇とする――よりも下がると、主観的にその人には、精気がない、気が滅入る、退屈する、とりとめもなく心配するといった特徴が現れる。そのころには、疑いなく、低い精神滴定濃度は〝病気〟を根付かせてしまう。細菌またはウイルスは増大し、ストレス副産物は激増し、いままで隠れていた病気がはっきりと現れるか、駆け足でやってくる」

　博士は、たいていの病気はじつは精神をなくした人々が「助けて！　もうやっていけない」という信号を発する手段なのだと言う。その声に耳を傾ける人がいれば、偽の薬《プラセボ》さえ効くことがある、と。

「さて、この仮説が正しければ」と彼は続ける。「神が、*一部の精神分析医の主張どおり、人間が決して達することができない究極の力のシンボルであるなら、また人間はかつてその力を否定し、あるいはその力から離されていたのなら、そしてもし祈りや崇拝によって人間がその力をふたたび手にすることができるのなら、われわれはもっと祈りについて学ばなければならない。もし人間の治癒力がその体の中にあるものなら、そして人間がそのことを知らないのなら……、そして治癒の力は

〃外に〃、医者の黒いカバンの中にあると信じているのなら、黒いカバンを取り出すことは人間の自己治癒力や精神を強めるのに有効な方法ではないかもしれない。わたしは、われわれが真剣に〃精神〃を自然現象として真剣に学び始めたら、自然の法則の理解をもっと進めるだけでなく、現在おこなわれている実践的な研究の多くが急速に変わるだろうと信じる」

自然の法則……。鍼灸《しんきゆう》とかヒーリングとか〃新しい〃神秘が浮上してきている。そしてわたしたちは目を瞠る。しかし、〃専門医たち《エキスパート》〃は次からつぎへとそういうものを否定する。これは役に立たない、なぜなら役に立つはずがないからという。しかし、もし効き目があったら、それはどの法則に合わないからだめだと彼らは言うのだろう?

ブラッド・スタイガー*はその著書『医の力《メディシン・パワー》』の中で、トーマス・ラージウィスカーズという百歳の呪術医《メディシン・マン》の言葉を引用している。「あんたが書物からなにを学んだか、わしは知らん。わしが祖父母から学んだことの中でもっとも重要なのは、心の中には、われわれがよく知らない部分があるということ、そしてその部分はわれわれが病気になるか、健康でいられるかを決めるもっとも大切なところだということだ」

目に見えないものを蒐集する話を続けると、わたしは最近ピラミッドを注文した。大きなピラミッドはその下で瞑想するため、そしてたくさんの小さなピラミッドの下では食べ物の保存の実験をするつもりだ。合理主義者が聞いたら、目を剝《む》くかもしれないが、エジプト王クフのピラミッドと同じ比率に保たれるかぎり、ピラミッドの下では不思議なことが起きるのだ。リンゴは長い間みずみずしく新鮮に保たれ、ミルクは驚くほど長期間酸化しない。なぜそうなのかはだれにもわからない。人は想像をたくましくする。わたしの想像力も、説明を求める科学者の想像力も刺激される。両眼が二・〇の視力の目で見えるものよりも、目に見えないもののほうがもっと驚異的な意味合いがあるということを示すヒントがここにもある。古代エジプト人はもしかすると現代のわたしたちが知らない宇宙の秘密を知っていたのだろうか？　彼らはわたしたちよりも進んでいたのだろうか？

考古学者が次々と文明を発掘し、この星における人類が活動した時間を拡大していくと、わたしたちの現代文明は膨大な文明の中のほんのしゃっくりみたいなものであることがわかるのかもしれない。ウスペンスキーは「教科書*や一般的〝歴史概論〟は、有史と、それ以前のおおよそ暗黒と言っていい時代を非常に短く説明するが、このやり方は最近の科学的見解からじつにかけ離れたものである……。いわゆる〝石器時代〟は有史時代の始まりと見なされてきたが、おそらくそれ以前に存在した文明の衰退と終焉を示すものと解釈されている……（傍点著者）。原始人、あるいは半原始人はことごとく黄金時代の物語と伝統をもっている……。これらの人々はよりすぐれた武器、よりすぐれた舟、よりすぐれた町、高度に発達した宗教の形式をそれ以前にもっていた。同じ事実が旧石器時代の洞窟の壁画にも言える。より現代に近い新石器時代の壁画よりもずっとすぐれているのだ。これはいままでまったく無視されたか、あるいはなんの説明もなくうち捨てられてきた事実である」

『歴史の縁《へり》で』という素晴らしい本の中でウィリアム・アーウィン・トンプソン*は次のような疑問を呈している。「世界の歴史が神話だったらどうだろう？　そしてその神話が世界の本当の歴史の遺物だったら?」

トンプソンは言う。「これまで人間は自分の理想の追求に合うと思えば、過去の記録を徹底的に削除したり無視したりしてきた。過去の悲劇に現在の進歩と野心を妨害させないためである。『歴史はみんなが同意した嘘である』と言ったヴォルテールは正しい……。デイヴィッド・ヒュームのように賢い人間が『英国史』の中でノルマン征服以前にアイルランドに文明はなかったと主張するとき(真実は、シャルルマーニュが、暗黒時代の終結を願って聖なるローマ帝国を勝手に創り上げたときに招集したのは、アイルランドの学者たちだったというのに)、われわれだけは同じような自民族中心主義の無知と盲目には陥らないと言えるか? 意識的か無意識的かわからないが、中央アメリカの歴史学者たちは自分たちの世界観を混乱させる情報を避けている」

ホメロスの歌ったトロイが、かつて十九世紀の著名な学者、歴史家、考古学者たちによって神話と見なされていたことを忘れることはできない。ハインリッヒ・シュリーマンという男は、トロイが『イリアス』という古代ギリシャの叙事詩のページの外に本当に存在したと信じ、発見しようとしたことで人々の笑いものにされていた。シュリーマンは発掘を続けて、一財産を作り、その金でついにトロイの遺跡を探し当てた。彼は考古学者でさえなかった。

また、一度死んだ人が蘇《よみがえ》った話もやはりわたしたちの心をとらえて離さない。近年エリザベス・キューブラー＝ロス博士*は、死の淵をさまよった人々、あるいは医学的には一度死んだがふたたび息を吹き返した人々のインタビューを発表した。彼女の調査の結果は非常におもしろく、大いに注目された。彼女がインタビューした人々の話は、ほとんど薄気味悪いほどよく似ている。彼らは体を抜け出し、体が横たわっていたベッドの少し上に浮かぶ。中にはベッドサイドに駆け寄った医者や看護婦の外見をくわしく話すことができる人たちもいた。そこでなにが話され、なにがなされたかもはっきりと覚えていた。そしてどの人も例外なく、素晴らしく平和な気分と、深く穏やかな気分を記憶していた。

ここでわたしが興味深いと思うのは――この調査を中傷するつもりは毛頭ない――神秘について書かれた昔の本をひもとくと、同じような死の体験についての記載がある、しかもほとんど同じような言葉で表現されている点である。これらの記載はずっとそこにあったのだが、神話とか空想というラベルを貼られ、二十世紀の科学的精神によって確認されるのを待っていたということになる。だが、十年前、わたしは一つのテープを聞いたことがある。そのテープには心臓が止まったあと、〝体外に出た〟体験をしてふたたび生き返ったという男の話が録音されていた。このテープは非常に限られた人々の間でほとんど秘密裏に聞き回されていた。〈変な人〉と見られるのを恐れたためだ。

ピラミッド。ストーンヘンジ。古代文明。呪術医《メディシン・マン》。超知覚。わたしたちは目に見えるもの、つかむことができるものばかりを厳しく追求したばかりに、もしかすると得たものよりも失ったもののほうが多かったのではないだろうか。間違った道を選んでしまって迷路に入り、出口にたどり着くことができなくなってしまったのではないだろうか。

「天にも地にも*もっといろいろなものがあるのだよ、ホレイショー。きみが想像しているよりも」

わたし自身は、人間は何度も生き返るものだと信じている。そして想像以上に長い時間、旅をしているのだと思っている。そうでなければ、人生における限界や不正は説明できない。もし〈神は愛である〉というのなら、どうして恐ろしい不正や信じられないようなことが起き得るのだろう？　一瞬のうちに何千人もの死傷者を出す地震、若くして死ぬ善人、檻に閉じこめられた囚人、殺人者とその犠牲者、モーツァルトのように三歳で作曲する天才、六歳で微分積分の問題を解く子ども……。もしこの人生がたくさんの人生の一つでなかったら、そしてわたしたちはそれぞれ、いくつも前に始まった人生の模様を紡《つむ》いでいるのでなかったら、このようなことはどう説明できるのか。

レイノール・ジョンソン*はこう書いている。「興*味深いことに、西洋では原因と結果の法則は科学の分野では広く認められているが、他の重要な分野ではなかなか認められないようだ。そうしながらも、いずれの宗教も倫理的教えの一つとしてこの法則を教えている。すなわち『それがなんであれ、種を蒔《ま》いた人はそれを収穫する』、原因と結果の法則である。東洋哲学では、これは因縁《カルマ》の法則に相当する。なんの種を蒔こうが、実った果実はいつか、種を蒔いた人によって収穫される、となる。器用な人によって投げられたブーメランは遠くまで飛ぶと、ぐるりとまわって投げた人の手に間違いなく戻ってくるのと同じように、冷酷無情な正義の法則があって、世界のあらゆることを支配している。そこには報酬とか罰則はない。あるのは避けることができない結果であり、それは善なるものにも悪なるものにも公平に現れる」

しかしこの分野では、物理的に把握でき認識できるかという意味において、なにごとも確実ではない。わたしたちは目に見えない世界にただよっている。見慣れたもの、実体のあるものにしがみつき、見知らぬものにおびえながら。

しかしわたしは宗教的実存主義者——神学者たち——がこれについて述べた意見が気に入っている。彼らは逆説をもってわたしたちに示す。神は人が内なる安寧《あんねい》と内なる自由を達成したときに現れる。また、人が神を、天にまします厳格にして情け深い親と見なさなくなったときに現れる、と。なぜという質問に彼らはこう答える。信仰が揺るぎないものになり人の中に根を下ろすと、その人は未知なるものを恐れなくなる。ついに未知なるものに対面する用意ができた者は、神と出会う。なぜなら、未知なるものとは、神なのだ、と。

第十三章　簡素に生きる

わたしがノヴァスコシアの十エーカーの土地に移り住んで始めたのは、簡素な暮らしだった。一九七三年に起きた石油危機より一年前に発表されたローマクラブ（食糧、人口、産業、環境など地球全体の問題について定期的に提言、研究発表をおこなっている経営者、経済学者、科学者などの国際的研究団体）の予測で、石油の不足については読んでいた。できるだけ歩こうと、そして資源を大切に使おうと思ったが、同時に、もっているものを減らしたいと思った。きっとものをもたないのもまた一つの自由だろうと考えた。節約の気分になったわたしは、火事に備えて最低限の大事なものをスーツケース一つに詰めておくことに決めた。哲学についての素晴らしい本十数冊*、息子たちの成長を記録したかけがえのない写真のアルバム二冊、大好きなルーマニアの銀製イコン、フィラデルフィアで学生時代に古道具屋で五ドルで買った風変わりな陶製ビアジョッキ。これで、わたしにとってなにが大事かがわかった。これに勇気を得て、イースト・タンブリルに移るにあたり、わたしはスーツケースに詰めなかったものを捨てようと思った。

この大胆な決心は、じつはわたしは機械と折り合いが悪いという事実と大いに関係がある。機械とわたしは敵対関係にあると言ってもよかった。わたしの人生で数か月以上の時間が、壊れた機械を修繕するサービスマンを待つことに、あるいは壊れた機械を直す人がなぜ来ないのかを電話で聞くことに費やされている。

だから、わたしには、たくさんの部品の付いた回転耕耘機《こううんき》などまったく必要なかった。代わりにわたしが買ったのは、口の広いシャベルと、頑固な野草を掘り返すツルハシである。この二つを使えば、春には苗を植える前に、秋には肥料を与えるときや地面の浅いところの作物をひっくり返すときに、十分に作業できた。おまけに体が締まり、腰が曲げられるようになり、カロリー計算やダイエットの必要がなくなった。

わたしはさらに手押し車も買った。とてもよく使ったので、予備まで買い込んだほどである。それに移植ごても。これはすぐに壊れるものだった。そうしているうちにわたしは耕作機と呼ばれる小さな可愛い機械を購入した。これには鉄製の大きくて細い車と円板、馬鍬《まぐわ》、それにいくつかの部品、そして人間の手で押さなければ動かない木製のハンドルが二本ついていた。これらの道具と、干し草を賢く使って雑草を生えさせない方法で、わたしはほうれん草、豆、カブ、トウモロコシ、トマト、ズッキーニ、タマネギ、緑豆と黄豆、ブロッコリ、ジャガイモ、ペパーミント、ディル、コンフリー、ニンニク、それにパセリなどを作った。これらの道具を他のものに替える必要性はまったく感じなかった。

禅で愛を定義するとき、愛ではないものを省いていくように、この新しい暮らしの中にたまっていくものを、わたしは使用価値で測る。電動のコーヒー・パーコレーターはまったく必要なかったが、空のガラス瓶は計り知れないほど価値があった。段ボール箱も同じだ。電動のヨーグルト製造器は余分なものだった。ヨーグルトを入れた器を毛布でくるみ、使用していないオーブンの中に入れておけば十分。ファーピーチで見つかった樽、これをわたしは丘の上の家まで転がしてきたのだが、樋《とい》の管の先を二、三十センチほど切って差し込めば、雨水槽として使える。納屋でみつけた古道具の浅い引き出しは、土を入れて発芽用に使う。

最初はなにもなかった家は、まもなくわたしがファービーチで見つけた宝物でいっぱいになった。波で洗われ、真ん中に穴の空いた大きくてなめらかな丸い石、窓台に並べたりボウルの中に重ねておいたりしているバイ貝の殻、木目《もくめ》の美しい湾曲した板に三本の脚をつけたもの、手作りの古いロブスター漁のブイ、流木、そしてタマネギやハーブといっしょにわたしが梁からぶら下げて乾燥させた植物。いつかわたしが灯台のそばの海辺で拾った繊細な野草。それは風で地面に倒され扇のような形になっていたものだった。わたしはそれを家に持ち帰り、壁に飾った。どんな絵にも負けないほど美しかった。わたしは穴蔵で根菜や芋類などの貯蔵に、ロブスター漁で使う木箱を利用した。ネズミが入らないように内側に目の細かい金網を敷き、それを土の中に埋めてその上に干し草をおいた。おかげで秋に貯蔵した最後のカブは、春に取り出すときまだ十分に鮮度が保たれている。他の木箱にはハーブを植える。バジル、セージ、オレガノ、パセリ、そしてチャービルだ。

辞書は〝不可欠なもの〟という言葉を、本質と関係する、あるいは本質を構成するものと定義している。〝個々の、本当のあるいは究極のものごとの性質〟ともある。わたしがイースト・タンブリルで学び始めたのは、まさにこれだった。わたしたちは思っているよりもずっと少ないもので足りるのだ。十年以上前に、わたしはイギリスの友人二人とニューイングランドのサマーハウスを訪ねたことがある。鍋が二つと錫《すず》の洗い桶一つが、別売りのネジで修理されて使われているのを見たスィーアが、そのとき言った言葉を思い出す。「イギリスではみんなこうして修理して使っているけど、アメリカでお鍋を直して使っているとは思わなかったわ」

アメリカのまわりの国々では古い鍋を直して使っている。アメリカは世界では例外なのだ。アメリカのやり方が通例ではないのだ。ブルガリアで強くわたしの心を打ったのは、羊や鶏を囲うために農家の人たちが作る柵だった。それは丘の斜面から集めた小枝や若木の細枝で編んだものだった。それは効率いい資源の利用法であるだけでなく、とても自然で美しいものだった。農家の人たちはそばにあるもので工夫してこの柵を作ったのだ。材料を集めてメッシュに編み上げるのに何日もかかるだろう。だが、限られた資源を使ってできあがったとき、それは彼らのものとなり、いつも誇りをもってながめることができる成果となる。

もしいまわたしたちが物の欠乏時代にさしかかっているのなら、わたしたちアメリカ人もまた物を直し、大切に使うことを学ばなければならない。それは決して害になることではないし、反対にわたしたちの知力を鋭敏にするだろう。禅寺で修行僧が最初に学ぶのは、日常生活の中での経済だと読んだことがある。明かりは決して無駄遣いしない、日常道具は最小限、そして一枚のござ。所有物の数が少ないほどそれらに触れる機会が多くなり、その性質を知り大事にする。

住み始めた新しい世界は、しだいにわたしにとって、ほかのものにはなかった真実性をもつものになった。小さくて、もっと自然な世界では、関係や接触をもてる余裕ができることを発見した。あらゆることが大切になる。八本のトマトは最初の一年、大変な手間がかかった。十月にそれらを掘り出して腐植土を作るコンポストに投げ入れたとき、この一年の長い苦労と親しみをトマトに対して感じて、わたしは涙を流した。有機野菜の栽培のための材料は家庭菜園専門店で商品として用意されているわけではなかった。上の息子クリストファーが休暇で八月に数週間滞在したとき、わたしたちは松の葉や腐植土を〝略奪〟しに、一日、森へドライブに出かけた。また肥やしになるものを求めて海岸へも出かけた。そしてこれらを町の製材所からもらった木屑やチップと混ぜた。この混ぜものが土に栄養を与え、その土が野菜に栄養を与えたのである。すべてのものが役に立つ。暖を取ろうとして火を焚くとき、薪は長いプロセスを経てここまでやってきたのだということに気がつく。最初にその薪と出会ったのは、春、湿った裏庭だったはず。その後、乾燥させるために、三本のひもを渡して太陽に当たるように工夫した。そして秋、他の方法が思い浮かばないまま、わたしは荷車に乾いた薪を積んで納屋に運び、冬に備えた。隣人のキース・クローウェルは、熱には暖かい熱と冷たい熱があるという。薪ストーブが暮らしの中に入ってきて初めて、わたしは彼の言葉の意味が理解できた。

野生の植物もある。植えたハーブを収穫して網と網の間に挟んで乾燥させるつもりだ。それに野生のノコギリソウとレッド・クローバーも摘みに行って、冬用の茶を作ろう。秋になるとサクラソウの実は重く頭をたれる。わたしはそれを摘んでストーブの上で弱火で茹で、篩《ふるい》を通してできあがったジュースをアップルジュースと混ぜる。これは朝の素晴らしい無料ビタミンCドリンクになる。また、ファービーチの海岸でハマアカザを拾い集め、茹でたり生のままでサラダに入れて食べる。だが、わたしにとっていちばん大きな驚きは、ある日、息子たちの大学の授業料を除けば、生活費に一年三千ドルもかからなかったとわかったことだった。まったく意図せずに、しかも特別な節約もせずに。そのうえ自然はわたしに、豊かな生活とレクリエーションを提供してくれたのだ。

生活によけいなものがないと、頭の中までよけいなものがなくなる。積もり積もったものを剝がし、捨てて、ものごとの核に近づいたとき、わたしは不必要な習慣、感情や反応をも捨てはじめた。なによりも、わたしは感謝することを教わったと思う。小さなものごとの「性質、価値、資質、意義」を把握すること。感謝は、わたしたちの暮らしの中であまり評価されてこなかった感情である。いまわたしはそれを、冷たい風の吹く海岸から暖かい家に入ったときに感じる。あるいは、いい本を見つけ、読み終わるのを遅らせるために終わりのほうのページをわざとゆっくり読むときに。ビーフシチュー鍋の中の野菜が、ほんの数時間前に自分の庭から採ってきたものであるとき。友人がロブスターを持ってきてくれたとき。あるいは雪の降る晩、おしゃべりに人が立ち寄ってくれたときに。

小さなものごとに対する感謝をなによりも感じたのは、なんといっても一九七六年のグラウンドホッグ・デーの嵐のときだった。わたしはそのとき自分が驚いていないこと、二つの冬の後だったので用意があったことに気づいた。それは気象予報士にも予測できなかった、記録的な大嵐で、暴風が吹き荒れ、大波がファービーチを越えて入り江にどっと押し寄せ、入り江の地形をすっかり変えてしまった。一昼夜吹き荒れた嵐が鎮まったとき、波止場の上にはロブスター船が打ち上げられ、トレーラーの屋根は吹き飛び、積み木落とし《ジャックストロー》の棒のように電信柱がごろごろと横たわり、木がなぎ倒され、それから何日もの間、塩水でショートして何度も停電した。だが、このような事態に備えて、わたしは大窓にベニヤ板を張り付け、サーモスタット付きのアシュレー・ストーブを用意し、さらに薪で焚くかまども用意していた。水はバケツの取っ手にひもを掛けて外の井戸から汲んだ。キャンドルや石油ランプも十分にあった。服を着たままベッドに入り、体を上からも下からも毛布でくるんだ。アシュレー・ストーブの火が朝の四時頃に消えて、冷気で目が覚めたとき、わたしは台所の料理用ストーブに火をつけて、温かいココアをコップに一杯用意し、テーブルの前に座ってピンクと金色に染まった東の空に太陽が昇るのをながめた。わたしはこれほど日の出に感謝したことはなかった。同様に、一杯のココア、暖かい火にも。

「わたしたちが求めるのは、空っぽの部屋の寒々しさ、あるいは空っぽの生活ではない」とロバート・ヘンリー*は書いている。「*よけいなものを捨てることによって、豊かに満ちるための場所を空けるのだ」

第十四章　内省

わたしはここで一人暮らしをして、自分自身の興味深い真実に気づいた。徐々に、自分の全人生の基礎は怒りと反抗だったと理解するようになった。それはときにはものすごい憤りや憎しみさえも起こさせたにちがいなかった。これは自分自身を非暴力的と、いや穏やかな人間と思っていたわたしには、驚くべき発見だった。わたしはご多分に洩れずむずかしい子ども時代を過ごしたが、振り返ってみると、わたしに反抗心があったから助かったのだ。だから自分を守ることができたのだと精神科医が言っていたことを思い出す。子どもが解決できないジレンマに陥ったとき、怒りは服従や諦《あきら》めよりも健康的なのだと彼は言った。怒りと反抗は、それ以来、わたしの人生を支配した。それがなかったらわたしは自分を知ることができなかった。

ある種の怒りはいいものだ。それはわたしに、たとえば家族のだれかが何か月も病気になったとき、疑わしい予測を受け入れさせなかった。人生が長い間の慣習と濡れたおむつ（「もちろん子どもができたら彼女も小説を書くことなど諦めるわよ」）ばかりのときに、わたしに書き続けさせたのも、これだった。だが、わたしの反抗心は深く、アスパラガスの缶詰に〈こちら側から開けること〉と書かれていたら、絶対に反対側を開けずにはいられないほどだった。

いま、突然、わたしは反抗するものがなくなった。反抗する相手もいなくなった……自分以外には。わたしはついにいちばん大きな責任をもつべきものに向き合うことになったのだと気がついた。そう、わたし自身である。利己的な、自己中心的な意味ではなく、もっとも文字どおりの解釈において。自分自身への反応と言ってもいい。いままでのにぎにぎしい闘いのあとで、それはとても小さな、取るに足りない衝突のように感じられる。

一人で生きることは学習のプロセスである。なかでも、一度学んだことを捨てるプロセスである。ある意味では、他の人といっしょに生きるほうが簡単であると言える。もっともシンプルな、もっとも初歩的な意味合いにおいて、そのほうが簡単なのは、すべてを自分一人で決める必要がないからだ。一人暮らしでない女は朝起きるとこう聞くだろう。「朝食は何にしましょうか?」あるいは「今日は何時にお帰り?」そして答えによって一日の予定を、あるいは気分を微妙に変える。一人暮らしの女は目が覚めると今日一日の気分は言うに及ばず、今日一日の計画を自分一人で決めなければならない。言ってみればコーンフレークにするか卵にするかさえ、自分で決めなければならないのだ。

この先もずっと一人で生きて行くかどうかはわからないが、わたしは一人で生きることからたくさんのことを学んでいる。一人で生きるわたしは傷つきやすい。それは森の中の木よりもわたしの十エーカーの土地に、一本だけ立っている木のほうが傷つきやすいのと同じだ。拒絶と自己憐憫にとても敏感だ。そして友人たちがわたしにもつ感情、あるいは挑戦にも敏感である。だが、パニックに陥りさえしなければ、そしてわたしは生まれながらにこのような欠点をもってはいないことを覚えてさえいれば、否定的な重い荷物を捨てはじめることができる。そして鉛のような重さから解放され、明るく、軽快で、透明な感情がよどみなくわたしの中を流れるようになる。ここまできたら、わたしたちはもはや孤独ではない。わたしたちは深い茂みを切り開いて自分への道を作ったことになる。

わたしはいまその道を作っている最中である。

道教はこう教えている。「学習の過程では、日々なにかを得る。道教の道では、日々なにかを捨てる」

わたしはガブリエル・マルセル*の『存在の神秘』を読み直している。いま、人生における究極の孤独と、もっとも深い喜びについて考察している二節にさしかかっている。「*われわれは非常に強く感じることができる。しかし、同じ部屋にいるだれか……見ること、声を聞くこと、もしそうしたかったら触れることさえできるだれか……が、数千キロも離れている愛人より、あるいはもしかすると故人よりも、遠い存在であるという場合もある。自分の隣に座っている男はいま同じ部屋にいる、だが自分にとってはそこに存在していない、その存在が感じられない、ということがあり得るのだ……。その人とは……親交なしのコミュニケーションしかないと言える。彼はわたしの言うことを理解するが、わたしを理解することはない」
「これの反対の現象も起こりうる。だれかの存在を強く感じるとき、その存在がわたしの内なるものをふたたび活気づけることがある。わたし自身に対してわたしが暴かれる。もしその強い刺激を受けなかったら、それほど自覚することはないだろうと思えるのだ」

消失というものはない。ただ変化があるのみだ。樺《かば》の木の木材を燃やすと、たしかになくなるが、あとに灰が残る。灰には炭酸カリウム、炭素、その他の豊かな植物性の成分が残る。

エウリピデス*は言う。「人生が人の呼ぶところの死であるのか、死が人生なのか、だれにわかるというのだ？」わたしはこのフレーズが好きだ。わたしは自分が死ぬときを想像してみる。死にたくはないが、もう時間がない。わたしの命は終わる。

わたしはグッドバイを言う。わたしが愛し、楽しんだ人々に少し未練を感じる。最後にもう一回、わたしを取り囲む素晴らしい色彩と美を見まわす。自分を抱きしめ、旅立ちのための準備をし、出発したとき、暗闇がわたしを包み込む。長くて暗いトンネルを通り抜けて、目もくらまんばかりの明るいところに出る。手で目を覆いながら、わたしはあらがう。すると声が聞こえる。「女のお子さんですよ、ミセス・G。元気な女のお子さんが生まれましたよ！」そしてわたしは、わたしたちが人生と呼ぶものの中に滑り込む。

自分を哀れに思う瞬間の自分に気がつくと、こんなに濃厚で生き生きした感情を捨てることに抵抗をおぼえる。怒りさえ感じる。自己憐憫は、生きていることが実感できる素晴らしくも偽物の感覚だ。ウスペンスキーは、自己憐憫はもっとも楽しめるネガティブな感情であり、捨てるのがもっともむずかしいものだと言っている。

すべてものごとには季節というものが、そして時間には法則があるとわたしは信じる。予期していたものがあまりにも遅れて到来したとき、わたしたちは待つことで干からびて、感覚が麻痺し、なにも感じないようになっている。最良のものは時間どおりにやってくる。

ジョナサンが新聞記事を送ってくれた。「わたしが本当にしたいことはなにか?」というものだ。とてもいい記事だった。わたしは、伸びた草を刈ってラズベリーの茂みまで小道を通さなければとか、パンを焼かなければ、机の上にある二通の手紙に返事を書かなければ、と思っているが、本当にしたいことは、灯台まで行って、昨日の嵐でファービーチにどんな宝物が打ち上げられているか見ることだということに気がついた。

カミュは芸術家と犯罪者は社会ののけ者だと書いている。今日受け取ったJの手紙を読んで、わたしはシングル・ウーマンもその中に含まれるのではないかと思った。Jは、自分の居場所はどこにあるのか、と聞く。彼女の手紙にはニューヨーク・タイムズの切り抜きも同封されていた。それはスウェーデンの女優リヴ・ウルマンのインタビュー記事だった。「*女性は一人で生きるべきではない、一人でいるべきではないという世間のプレッシャーは大きい。……もしそれでも一人でいることを決めた場合、彼女たちが感じる孤独の一部は、内側から生まれるより外から押しつけられるものだ。世間は彼女たちを哀れみ、軽蔑の目を向ける」ミズ・ウルマンは、一人で外食するときは人目に付かないコーナーに座り、本から顔を上げないと言う。

女性運動に嫌悪感をもつ女性たちを、わたしは理解できない。驚いたわ、その女性たちはいったいいままでどこで生きてきたというのかしら?　というのがわたしの気持ちだ。わたしは彼女たちを不可解な気持ちで、また、理由を憶測しながら見る。それはちょうど、ローデシア（現在のジンバブエ）の白人の軍隊で黒人兵士が同胞の黒人市民を殺戮《さつりく》するのに似ている。説明はできる。それが起きているのが見える。だが、理解はできない。

女性であることで受ける〝小さな傷〟の数例。

苦々しく言う夫。「いや、ぼくのしたいことでなければ、きみはしたいなんて思っちゃいけないんだよ」

歯医者で三時間待たされた。やっと自分の番が回ってきたとき、医者が遅れの理由を説明した。「予約のないミスター・Xを先に治療したことを悪く思わないでほしい。彼には仕事があるのですからね」

あるディナーパーティーで聞こえた会話。夫の言葉。「それはエルシーにまかせたらいい。彼女には時間があるからね」エルシーは就学前の子ども三人、戸建ての家、食事の用意、掃除洗濯、送り迎えの運転、同居の老義母の世話をしている。

小さな町の社長が数年前、わたしがタイプしている音を聞きつけて、アパートのドアをノックした。タイプしてもらいたい仕事がある、と言う。

「いま本を書いているんです」とわたしは言った。「わたしは自分の原稿を打っているんですよ」

彼はまったく理解できない顔で言った。「いや、これは十二回の会議報告書で、あんたなら三、四日で仕上げることができるだろう。金も数ドル支払うつもりだ」

「あなたはタイプができないんですか?」わたしが聞く。

「もちろんできるさ」男は腹を立てたように言う。「だが、わしの時間をこんなことに使うわけにはいかんのだ」

それにまた、シングル・ウーマンが品物を注文したときに、名前を言うといつも受けるあの質問。「それで、ご主人のお名前は?」

「夫はいません」わたしがそう答えると、必ずお気の毒にという顔をされるので、わたしはつい明るくこう言いたくなる。「人喰いに食われてしまったのよ、ハリケーンに遭って舟が沈没して漂着した島で」一度など、これは自分でもずいぶんいじわると思ったが、いつもの質問を受けたわたしは、夫の名前を書き、住所まですっかり書き込んでから、無邪気にこう聞いた。「でも離婚してからもうずいぶん長いから、もしかしてわたしの住所も書いたほうがいいかしら?」

いつか、自分がほんとうに緩んでしまってだらしなくなったと思ったら、銀行に支払い口座をもうけるか、クレジットカードの作成を申し込むつもりだ。アメリカ合衆国では、次の三つ以上に縁起が悪いことはないということをわたしはこの間《かん》、よくわかったからだ。(1)女性である、(2)結婚していない、(3)自営業である。きっと何か月も続く、機知に満ちた素晴らしい闘いが展開されるだろう。書類のやりとりも半端でない量になるはずだ。

ケネス・ウォーカーとピーター・フレッチャー著『セックスと社会』から。

「性的な行為は、会話の一形態である。談話であり、対話である。そして人間のコミュニケーションの他の手段同様、その価値は主人公が言うに値することをもっているかどうかにかかっている」

一人でいることは、つねに孤独の危険性をはらんでいるが、群衆から一瞬でも離れると、寂しいにちがいないと周囲の人に言われるために寂しく感じるということもある。『アメリカで一人寂しく』の著者スザンヌ・ゴードン*はこう書いている。

「*経済的にも社会的にも満たされているべきであるという社会において、寂しさ、あるいは愛情の対象となる相手がいないことは、哀れであるばかりでなく社会的に不名誉なことと見なされる。……独身は失敗と見なされ、家族がいることは成功と見なされる。……われわれの文化では、失敗は寂しさと孤独に強く結びつけられていて、一人でいるのが好きな人もいるのだということを信じることができない人が多い」

カナダはもっと優しい国で、アメリカとはその点で異なる。ある晩、庭で何時間も土を掘る仕事からすっかり疲れて家の中に入ったわたしは、ソファで体を伸ばしてテレビを見ることにした。カナダのテレビ局はCBC一局しかない。その晩の番組が何であれ、八時から九時まで画面に映るものを見るつもりだった。わたしはテレビをつけて、ソファに腰を下ろし、見始めた。アメリカで言ういわゆるゴールデンアワー、プライムタイムである。画面には一時間の長さにわたり、ペンギンの暮らしについて克明に撮られたドキュメンタリーが映っていた。

第十五章　庭と夏

沿岸では季節ははっきり区別されない。森の木はマツやモミ、トウヒなどの常緑樹なので秋をはっきり認識できる紅葉はないし、九月と十月はノヴァスコシアでもっとも素敵なときだ。日が短くなり、ときに早朝霜が降りることもあるが、それ以上は進まない。窪地にはまだブルーベリーが実をつけているし、ブラックベリーもある。草原にはバラの実が豊かに実っている。そして突然十一月がやってくる。昔の人が「星がない《ノー》、太陽がない《ノー》、月がない《ノー》。なにもない十一月《ノーヴェンバー》」と言葉遊びをした月だ。だが十一月には三月と間違うような日もある。三月はまた十月に似ている。かと思えば、霧に包まれた六月には霧の深い一月のような日もある。郵便局長のエドワードは、これがノヴァスコシアの人が長生きする理由だという。激しい天候の差がないから、体を急激な天気のちがいに順応させる必要がない。気温はマイナス十五度からプラス二十五度の間をしだいに上がっていく。熱波はないし、寒波もない。風があるだけだ。

だが、三月になると、土が冬の眠りから覚める兆《きざ》しを見せる。海岸には氷がまだあるかもしれないが、ごく薄く、その上に立つと鈴が鳴るような音を立てて割れる。ロブスター船はふたたび海に投げ込むかごを積んで港を出て行く。夕日がだんだん濃い色に変わる。純金の色からあっという間に鮮やかなピンクになったり、かと思えばやわらかいシャーベットのような色に変わる。レモン、オレンジ、ラズベリー色……。肌寒い夕暮れどき、太陽は大地をコンコード・ブドウの色に染めて沈む。海の青さ、銀色の水の色がくっきりと映える。その中を帰港するロブスター船が空の色を映して金色に輝く。

また、港に打ち寄せる波頭がカモメの翼のくっきりした白い羽と見違えるばかりのときもある。やわらかくて神秘的な霧が尖った景色をぼやけさせ、肌をしっとりと濡らすこともある。まるで細かな霧のスプレーのようだ。霧に包まれた静かなあ

る日、海辺の音がいつも以上に大きく響き、わたしは好奇心をそそられてファービーチまで行ってみた。波が霧の中からわたしの足下に打ち寄せた。数回の小波に続いて、なにもかも梳《す》きさらっていってしまうような大波が二度海岸に打ち寄せた。大波が引き始めると岩や石や小石はいっせいに大きな拍手のような素晴らしい音を響かせた。浜辺の石たちが引いていく波といっしょに移動して、ぶつかり合ってパチパチカラカラと音を発していたのだ。

　赤いチューリップが突然わたしの庭に咲いた。すぐあとに紫のチューリップが続いて咲いた。あっという間に四月になっていた。夜になると沼地のほうからピンクウィンク（スズメ目アトリ科のズアオアトリ）の声が聞こえた。早くも種を蒔く時期がやってきたのだ。

　ノヴァスコシアに移り住んだとき、わたしはそれまで畑作りなるものをしたこともなかった。こんなにおもしろく、こんなに興奮させられ、こんなに時間のかかる仕事を、わたしはそれまで知らなかった。他のどのような職業で、人は一度に、発明家、科学者、ランドスケープデザイナー、溝掘り、調査係、問題解決者、芸術家、悪魔退治の祈禱《きとう》師になれるだろう？　しかも、そのうえ、成果をディナーで食するなんて？

わたしは正当な闘いが好きだ――最近人は飼い慣らされすぎている――。ここにルールというものをまったくもたぬ敵がいる。しかも、この敵は自然であるから、選《え》り好みをしない。完全に中立的だ。そしてこの自然は、人間が野菜を育てるのをあらゆる手だてで妨害しようとする。それなのに、これ以上ないほど劣悪な条件でも生産させようとする。自然はナメクジやノミハムシ、キャベツのアオムシやイモムシをこの世に創りだした。そして人がこれらとまじめに闘おうとすると、自然は一か月の干魃《かんばつ》や悪天候を送り込む。人間をつけ上がらせないためだ。

庭や畑がわたしを驚かせてやまない理由は、たとえばこんなところにある。急いで通り過ぎたときに、なにかおかしなことが目につき、立ち止まってそれを正しく直す。一時間か二時間後に、息もつけないほど興奮するような、満足のいく、一体なにが起きたのかと不思議に思うような結果が現れることがある。庭は単に種に芽を出させるだけではない。アイディアも芽吹かせる。そのうえいい匂いを発する。泥のように重いわたしの畑の土には、ロブスターの殻や魚の骨、ジャガイモの皮、オレンジの外皮、卵の殻、木を燃やした灰、石灰、骨粉、そしてなにより海藻が混じっている。わたしはまず海藻を自分で作った乾燥台にのせ、日光と風で針金のようにカリカリに乾かしてから使うか、土の上に重ねて置いて、春になっておいしそうなゼリーのようにどろどろにしてから使う。

「いい畑は虫や鳥でわかるものだ」とボビーは言うが、たしかにそれは言える。わたしの畑の土中の虫は太っていて大きい。店頭の袋詰めの土や土を損なう化学薬品を使っていないからだ。そんな土が害虫を食べてくれる鳥を呼ぶ。毎朝、わたしがドアを開けると、鳥がいっせいに畑から飛び立つ羽ばたきが聞こえる。

ニコルは古いアイルランドの格言を教えてくれた。「石のない土は、骨のない肉と同じである」たしかに畑でわたしが育てているいちばん大きな作物は石かもしれない。だが、経験を積んでいくうちに、わたしは納屋で見つけた重い平らな金属棒でかなり大きな岩まで掘り出すことができるようになった。まず、金槌でその金属棒を岩の下に打ち込む。それからその棒の端に座るか立つかして体重をかけるのだ。そこで掘り出されて岩は土の中から出てくる。畑に新しい苗床を作るたびに土の中から掘り出されるものを通して、しだいにわたしは以前の住人たちをよく知るようになった。壺や皿の破片、これらは植木鉢用のかけらとしてとっておいた。錆《さび》た蹄《てい》鉄《てつ》もたくさん出てきたし、バケツ何杯分もの錆釘も掘り出した。

隣人たちが、南から北に向かって種を蒔き、苗を植えなさい、と教えてくれたので、わたしはそのとおりにした。ほうれん草を除いては。だが、ナメクジには、畑のどっちの方角から種が蒔かれようと関係なかった。ほかの地域や気候では、アライグマやウッドチャック、それに鹿によって畑が荒らされるそうだが、ここイースト・タンブリルではナメクジが大敵だ。大雨のあと、彼らは群れをなして侵略してきた。春は雨の多い季節だ。わたしはふつうカタツムリにはなんの恨みももたない人間である。たとえばタマキビガイはマイマイ目に属する海の生物だ。親指の爪ほどの小さくて丸い殻の中に棲《す》み、殻にはきれいな茶色や黒、ベージュ、赤の巻き模様がある。岩にねばり強くしがみついている姿はセメントでくっついているようにも見える。わたしはこの貝が動くのを見たことがある。うっかり気がつかなかったのだが、よく見るとタマキビガイだったのだ。そのときわたしは岩の上で日光浴をしながら水中を見て、「ケルプがある。あ、向こうには岩草が。あの岩の端っこにタマキビガイがくっついてる」などとぼんやり見ていた。数分後、タマキビガイはそこから移動していた。顔を近づけてよく見ると、棒のような肢《あし》が動いていた。なにか用事があって彼なりのスピードで急いでいるのだと思った。わたし自身は岩の上に座って世の中のことを考えていたのだから、タマキビガイの移動スピードはわたしよりも速かった。

タマキビガイは飾りにもなるし、エスカルゴのように蒸して食べることもできる。だから観賞用だけでなく役にも立つ生物だ。ナメクジは陸のマイマイ目の仲間だ。だがわたしはこの生物に関しては創造の主に、これを創ったときいったいなにを考えていたのかと聞きたい。ナメクジはごろっとしていて、体中が鈍い色だ。やわらかい若葉を食べてどんどん大きくなりどんどん太る。これを退治するのに有機農法では、パイを焼くときに使うアルミ皿を地面においてビールを注ぐのだ。ナメクジはビールが好きだということになっている。そしてしまいには、めでたくそのビールの海で溺れる、はずなのだ。

わたしはアルミのパイ皿とビールを買った。そして、その両方を何度も買い足した。わたしがアルコール中毒になったのではないかとゴミ回収の人たちに疑われるかもしれないと思うほどに。わたしは遠くからもナメクジがビールにつられてわたしの畑まで集まってくる図を想像した。十五ドルもビールに費やしたとき、わたしはボビーに相談した。そしてこの土地のナメクジ退治法を聞いた。答えは塩。それもじつに簡単に手に入るのだ。漁業組合でただでもらえる。ハドックやタラやイワシの塩漬け用に、組合の前には大小のかたまりの粗塩が真っ白い雪のように積んであった。ほしい人はだれでもバケツでもらってくればいい。わたしはさっそくバケツで塩をもらいに行き、庭に配置した。このあと、毎年わたしの畑は白い太線で囲まれたテニスコートのようになった。塩は土の中の虫や白い線の中の野菜の生長を害さなかった。数回の雨でも流れなかった。そして、ナメクジを寄せつけなかった。かろうじて。

畑を作り始めたころ、わたしはあまりにも知識がなかった。ひんぱんに答えを求めて本のページをひっくり返した。トマトの花はどの部分にどんなふうに咲くのかさえも知らなかった。ある晩、フランクが畑を見に立ち寄ってくれたとき、わたしは得意になってトウモロコシの畑を見せた。ちょうど柔らかい芽が出はじめたところだった。彼はそれをまじまじとながめて、にんまりと笑い、ハコベがこんなにきれいに列になって生えているのは、あまり見たことがないなあ、と言った。

少ししか知識がなかったために、畑作りは驚きの連続だった。たとえばブロッコリの育ち方。天の思《おぼ》し召しとしか思えないような大きな葉っぱが出てきたと思うと、待ちに待った小さなかたまりが真ん中にできる。それがどんどん大きくなってしまいにはバスケットボールほどのサイズになる。また、濃い緑色のほうれん草の葉っぱはどうだ。曲線を描き、まるでカーテンのようにひらひらしている。美しい角《つの》の形をしたオレンジ色のズッキーニの花。ズッキーニには二つの異なる形の葉っぱがある。トウモロコシの絹のような房。イングリッシュ・ラベンダーやバジル、それにセージの香り。これらすべてのものを、わたしは顕微鏡で見なければ見えないような小さな一粒の種から植えていった。

わたしは百エーカーもの畑をつくって収穫しようとは思わない。奇跡も、野菜の生長する様子も見逃してしまうからだ。あるときわたしは五本の唐辛子の苗を鉢に植えて室内で育てた。そしてそれを外に植え替えたが、生長しなかった。そこでわたしはそれらをもっとよく肥えた場所に移し、有刺鉄線で囲み、透明ビニールで覆ってピンで留めた。九月の中頃、唐辛子にやっと花が咲いた。勝利と言うには遅すぎたが、唐辛子もわたしも努力したし、学んだ。

六月、雨がやむと一か月も続く干魃に襲われた。村ではどの家も井戸の水位が危険なほど下がった。中西部ではこのために膨大な作物がやられたと新聞で読んだが、わたしのところでは二つの雨水槽に貯めた水を一週間畑にやり、そのあとは洗濯や風呂の水をバケツで畑に運んだ。

それから、ハーブがある。もしもう一度人生をやり直したら、わたしはきっとハーブの専門家《ハーバリスト》になったと思う。ハーブについて書物を読み出したころは、体こそ地上にあったが、没頭して何時間でもこの世から消えてしまったほどだった。いまようやくわたしはむやみやたらにハーブを採取しなくなり、指先でほんの少しだけつまみ取って、ゆっくり口の中で味わえるようになった。わたしを魅了するのはハーブの歴史だけではない。その成分、数千年も受け継がれてきた有効な使い方だけでもない。ハーブの後ろに、なにか大きなものをかいま見るからである。部屋の片隅でなにか動いたことに気づいて、振り返るのだが間に合わない、といったような感覚である。

たとえばミセス・グリーヴ――彼女は自分のことをミセス・M・グリーヴと呼ぶ――がその著書『最新ハーブ集』の第一巻に書いていることに注目しよう。*「スカルキャップ（タツナミソウの一種）の花は催眠剤として優れているものだが、人間の頭蓋骨《スカル》にその形がよく似ている。……コゴメグサの小さな青い花は真ん中が黄色で、それが人間の目を連想させるものだが、これが疲れ目に非常によく効く。フランス人が〈眼鏡いらず〉と呼ぶくらいである。……ハーブの花の中でも血液をきれいにするのは、ルリハコベ、ゴボウ、レッド・クローバーなどの赤い花だ。黄疸《おうだん》の治療に使われるのは、タンポポ、キンミズヒキ、クサノオウ、ヤナギタンポポ、マリゴールドなどの黄色い花が多い。イラクサの薬効は葉っぱの棘《とげ》に象徴されている。血液の循環を刺激するものとして使われるのだ」

自然はまちがいなくユーモアのセンスをもっている。また、人間の知覚力にかなり疑いをもっているらしい。だからわたしたちが気づくように、そっとつくのだ。もしそれがちょっとした偶然だと思う人は、フォックスグローブ（別名キツネノテブクロ、ジギタリス）を思うといい。これは爆弾と同じくらい確実に人を死に至らせる有毒の植物だ。その葉には四つの刺激性の成分が含まれる。ジギトキシン、ジギタリン、ジギタレイン、そしてジギトニンである。これらから強心剤のジギタリスが作られる。「もしジギタリスが思うように効果を発揮しなかったら、スズランを代わりに使うことができる。これはたいていの場合よく効く」とミセス・グリーヴは記している。

非常に優れたバックアップ・システムだ。

わたしはローズマリーにふさわしい土はどういうものか、書物にあたってみた。ジェラードの『ハーブオール』には「アラブ人などによると、ローズマリーは脳、記憶、内なる知覚を癒し、麻痺していた言葉の障害を減じさせる。そして食すれば心臓を癒し、活発にし、精神を覚醒させ、生き生きとさせる」とある。

その名の意味は海のしずく――ロス・マリヌス――で、この名前自体「精神を覚醒させ、生き生きとさせる」に十分だろう。クレーヴズのアン王妃は結婚式でローズマリーの花輪を冠にしたと言われるが、彼女がヘンリー八世との結婚を生き抜いたのは偶然だろうか? トマス・モア*はローズマリーについてこう記している。「記憶に聖なるもの、ゆえに友情に聖なるもの」ローズマリーはビールとワインの香りづけにも使われてきた。スペイン人は聖母マリアがエジプトに脱出したときに彼女を守った茂みがローズマリーだったと言って崇めている。ハーバリストの多くがこれをハーブの中でも万能な、なんにでも効くハーブと見なしている。フランスの病院では空気をきれいにし感染を防ぐために、ローズマリーをジュニパー（洋種ネズ）の実といっしょに炷《た》くのが昔から習慣になっている。強壮性、収斂《しゅうれん》性、発汗性、刺激性がある。昔の記録に「ローズマリー材で箱をひとつこしらえよ。その香りが汝《なんじ》の若さを保つであろう」とある。

それから、皿の上に食事の飾りとして出される人気のないパセリがある。だがこれはビタミンの宝庫で、ビタミンAは一オンス（約三十一グラム）あたり二万二五〇〇IU（国際単位）あり、鉄分の含有量はほうれん草以上、同じ重さのオレンジと比べたら五倍もビタミンCがある。他にもカリウム、カルシウム、硫黄、ビタミンB_1を含んでいる。

スミレのブーケを作るかわりに、スミレを食べるといい。花も葉っぱも食べられる。『健康に役立つハーブを追って』の中でユエル・ギボンズは、スミレはビタミンCが豊かすぎるので、摂取には注意が必要だと言っている。ミセス・グリーヴはスミレについて五ページも費やしている。「スミレはアテネの人々に怒りを鎮めるものとして、催眠剤として、心臓を癒し強くするためのものとして用いられた。プリニウス（紀元一世紀のローマの高級官吏・博物学者）は痛風の薬として、また脾臓《ひぞう》の不調のときにスミレと酢を混ぜたものを塗布するよう勧めた。……古代のブリトン人はスミレの花を化粧に用いたし、ケルト民族の詩にはスミレの花を山羊の乳に浸して顔に塗れば、肌がきれいになるとうたわれている」付け加えれば、スミレは現在、ガン抑制剤として商品化できるかどうか試験中のハーブの一つである。

ハーブにはじつにおかしな名前や美しい名前がある。たとえば悪魔の乱ぐい歯とか、カッコーのパイント（サトイモ科の植物）、クサリヘビのバグロス（ムラサキ科の植物）。こんなのもある。貴婦人のベッドの藁（カワラマツバ）、バーネット・サクシフレイジ（バーネットでもなくサクシフレイジでもないユキノシタ科のハーブ）、生意気な樹皮（西アフリカ産マメ科の高木の有毒性樹皮）、平凡なポリポディ（エゾデンダ）などなど。

わたしはたくさんのハーブの中から植えるものを選ばなければならなかった。バジル、セージ、ローズマリー、チャービル、イタリアン・パセリ、それにオレガノを選び、ハーブガーデンを作った。だがこれとは別にコンフリーだけを二十一株、一メートルおきに植えた。畑の半分はコンフリーになった。コンフリーを特別扱いしたのは、これが野菜として食べられるし、気分を落ち着かせるお茶として飲める、葉を切り傷に当てたり、根をやけどや虫さされに湿布したり、もし将来、鶏や山羊や羊を飼ったときは飼料として使える、そしてそれでも余ったものは窒素の豊富なコンポストとして畑の肥料に使えるからである。コンフリーは細胞を活性化し、鎮痛剤、収斂剤となり得る。ゴムのように粘着性がある成分アラントインは、傷の治りを早める効果がある。家畜の飼料にすれば、アルファルファの二倍のプロテインを含む。その栄養物は消化しやすい。コンフリーは地下二、三メートルまで深く根を張るので、干魃にも強い。そのうえ、どんな天気でも生長する。一五二八年に書かれた医学書には「コンフリーの根は、吐血によし、傷口の治癒によし」とある。

ある日わたしはこの「傷口の治癒によし」という言葉を思い出し、やってみようと思った。傷は古い頑固なものだった。指を深く切ったのだが、皿洗いや畑仕事で癒える暇がなかった。乾燥させたコンフリーの葉を取り出して揉んで粉にし、濡らした包帯に付けて指に巻いた。翌日朝食の皿を洗ったときに包帯はほどけて流れてしまい、わたしは実験のことをすっかり忘れていた。三日後の夜、わたしは日に焼けた指についている妙に美しい、白く光る傷跡をながめていた。そして、突然、これはいつまでたっても治らなかった、あの赤い切り傷だと気がついた。

ハーブにこんなに素晴らしい奇跡を起こす可能性があるときに、宇宙には秩序がないと言える人がいるだろうか？　と、わたしは訊かずにはいられない。

第十六章　新たな国

一人行く者は今日出発できる。だが他の人と旅する者は相手の用意が整うまで待たなければならない。

――ソロー

どの季節にも変わり目がある。ハーブを乾燥させ、野菜を食べ冷凍し、観察し、水やりをし、収穫し、草取りをしながら、わたしはイースト・タンブリルの夏が燦々と輝く太陽とともに過ぎていくのをながめた。未開の平らな大地のように見えるわたしの十エーカーの土地は、デザートのためのベリーや、食卓に並ぶすべての野菜、サラダ、おいしい泉から湧き出た水、冬、体を温めるお茶用のハーブ、そしてなによりも、楽しみを与えてくれた。「ここに来なかったらどうなっていただろう？　いっしょにこれをできる人を待っていたら、どうなっただろう？　いっさいこんなことはしていなかったら?」と思うことがある。

少なくともこの夢だけは実現した。この経験はわたしのものだ。おもしろいことに、この経験は、ずっと昔に関係を見失った人にわたしを近づけた。そしてその人とふたたび関係をもたせた。それはこの夢を心に抱いていた、子ども時代のわたしだった。彼女にまた会って、こう言えてよかった。「ほらね、大人になるということは、必ずしも忘れることではないのよ。約束は守られたでしょう?」

八月も終わりに近いころ、わたしはここの暮らしにすっかり慣れていることに気がついた。畑仕事から一時間抜けて、わたしはファービーチまで散歩した。こんなに忙しくなかったころ、冬になるとよくこの海岸を歩いたことを思い出した。茂みにブルーベリーをみつけて、近くのハンノキに印として結びつけた一年前の白い布を見て、わたしはほほえんだ。潮の満ち干で石の間にできる小さな水たまりで泳いでいるのは、ミノウの生まれたばかりの稚魚だろう。早くも繰り返しのパターンが始まっているのだ。きっとわたしは、「でも、十一月(三月、あるいは十二月でも)は、港はこんなふうに見えたものよ」とか言うようになるのだろう。そして、風も強かったわよね？　と。また、そろそろ納屋の中に薪を入れてカバーで覆わなければならないとか、畑に肥料をやるときだとか、その上を藁と海藻で覆って冬を越す準備をしなければならない、と。天気が変わる前に島のアメリカ人たちにも会いに行かなければ。ニコルはもう帰った。またもや到着と出発が繰り返される。最近フロリダからのアメリカ人が二人、近くに引っ越してきたという噂を聞いた。

　本当の四季はカレンダーで区別することができない。暮らしのサイクルを完成させると、潮の流れのようにリズムができるのだ。蟻継ぎ（二つの木材をつなぐとき、一方の材の鳩の尾状の部分を他の材の穴に差し込んでつなぐこと）。すべてがぴったりと適合するという感じである。それはそれまでわたしが経験したこともないことだった。わたしはこれで、自然から離れた都会生活をすると人間は土や季節と友情を交わすことができないと、よくわかった。いや、もしかすると、それよりもっと単純なことなのかもしれない。これこそ、隣人のアン・リーが初めてわたしの家の窓から大海原と空をながめたときに言った言葉の意味なのかもしれない。「ここにいると、あなたは神さまにとても近く感じるのでしょうね」

人生において動かぬものはない。潮は絶えず動いている。地球はその軌道を動いている。わたしたちの体は毎秒二千万個の赤血球を作り出している。そして、今日はすでに今日なので昨日のまちがいは許すことができる……。わたしはイースト・タンブリルに住んで大きく変わった。外見的にも、内面的にも。二月に息子が遊びに来たときのこと。水道管が凍ってしまった。そのとき彼がなんと言ったか。「ママ、ずいぶん落ち着いているね！　こんなことが三年前、ニュージャージーに住んでいたときに起きていたら、どんなに騒いだことか！」また、アメリカに戻ったときなど、友人に言われたこともある。「ずいぶん変わったわね！　すごくリラックスしてる。心配そうな目ではなくなったわ！」

ノヴァスコシアの海辺で過ごした時間と空間は、いまでもわたしの中にある。そしてこれからもきっとなくなりはしないだろう。それはわたしのいちばんいい部分であり、いちばん新しい部分だ。

わたしが学んだもの、それは、なにもないところから一日を作り出すこと、形とバランスを作り出すことである。

ブルーベリーパイ作りを、静かに鳥が飛ぶのを、トマトが熟すのをながめることができるようになった。体を使う激しい労働ができるようになった。カマで草を刈ること、土を運ぶこと、穴や溝を掘ること、ナメクジとの闘い、そして畑を作ること。わたしは新しい友だちを得た。その一人はわたし自身である。いままでとはまったくちがう、新しい意味合いで一日の時間、一年の時間について学んだ。そして、風、嵐、日照り、収穫について学んだ。

また、こういうことも学んだ。わたしたち一人ひとりの心の内には、山や平野や深い淵、嵐や静かな海のある国が存在するということ。ただ、第三世界のように、その国はたいてい開発されていなくて、資本の投入がないために弱っているのだ。

六月初めのある日、わたしはファービーチにハマアカザを採りにいった。ハマアカザは水辺の岩の間に繁殖する。海は穏やかで、雲一つない空の色と一つになり、セント・アンの岬がまるで空気の中に浮かんでいるように見えた。岬を回ろうとしていたドーリーもまっすぐ空の中に向かっているように見えた。わたしはイースト・タンブリルで、太陽と霧とどっちが好きかわからないといつも思っていた。それぞれが魅力的だった。葉先の尖った常緑樹が、カーテンの後ろにぼんやりと見える影のように霧の中から見える景色、遠い夢のようにイメージがぼんやりと、やわらかくぼやけて見え、曇りガラスを通して見るような静かな世界。それとも、サファイア・ブルーの上にきらめくこの輝きか。銀色の世界と金色の世界。

明るい日差しを浴びながらハマアカザをかごいっぱいに採って浜辺から戻ってきたとき、ライトハウス・ロードに車が一台停まったのが見えた。今シーズン最初の観光客、イリノイ州のナンバープレートだ。ゴム長靴とブルージーンズをはき、頭にスカーフを巻いたわたしは、りっぱな〝土地の人〟だった。ほほえんでこんにちはと言い、通り過ぎようとしたとき、男の人が、この道は私道なのか、それともだれでも歩いていいのかと問いかけてきた。灯台まで歩いていってもかまいませんよ、とわたしは答えた。

「それ、なんですか？」と助手席の妻が聞いた。わたしのかごの緑色のものを指さしている。

「ハマアカザ」わたしは答えた。ひとつまみして、彼女と子どもたちに分けてあげた。「ほうれん草に似てるんです。海の塩の香りがして。これを今晩の食事にするつもりなのよ」

突然彼らはたくさん質問を始めた。今朝ここから少し離れた南の地点でフェリーボートから降ろされた、なにも知らないアメリカ人たちだった。そこらじゅうにある木箱はなに？　海岸に打ち捨てられている船は？　入り江は自然にできたもの？　それとも人工的なもの？　なぜ灯台の近くにこんなにたくさんの板が積み重ねられているのか？

入り江は自然にできたもので、人の手で造られたものではないとわたしは答えた。積み重ねられている板は、昨日トラックで運び込まれたもので、近くの島に住む二人のアメリカ人のものだと説明した。

満潮になって入り江の水位が上がると、島の住人のためにブラッド・ゴーレットがボートでやってきて板を船に積み込むだろう。そして島に着いたら、これと反対の手順で仕事をするのだ、と。

海岸に打ち捨てられているように見える船は、二日前にシーズンが終わったロブスター漁船で、次のシーズンのために乾燥させているのだ、またそこらじゅうにある木箱はロブスター漁用のかごで、これもまたシーズンが終わったので海から引き揚げられたのだ、と説明した。

「罠《トラップ》、とは言わないのかね」男性はすかさず聞いた。

「ええ、この辺ではかご《ポット》と呼ぶんですよ」わたしは答えた。

彼らは礼を言うと車を降りて灯台に向かって歩き出した。子どもたちがうれしそうに先を走っていった。わたしはしばらくその場にたたずんでいた。知らない人にはこの景色はなんの意味ももたないだろう、と思いながら。

引き潮のときの入り江。エレクターの組み立て玩具に似た灯台。海岸に高く積み上げられた板。波に流されないように、留め木をかませた三隻の船。風雨にさらされた無数の木製のかご。

ここにあるものはどれも、その背景に物語があるのだ、そこに存在するだけの目的が、歴史が、理由があるのだということに気づかなければ、とわたしは思った。それはちょうど、船もなく、日の光に照らされて穏やかにそこにあるように見える入り江が、だれかが小石で水切りして、水面下に無限の生命があることを見せるまでは、ただそこにあるだけのように見えるのと同じである。

それがわからなければ、イースト・タンブリルは単に、ハリファックスへ向かう長い沿岸道路に面した浜辺の一つ、村の一つにすぎない。

注釈

8頁　エドワード・シェントン　一八九五〜一九七七。アメリカの多才なイラストレーター
13頁　ジョン・クーパー・ポウイス　一八七二〜一九六三。イギリス出身の作家
14頁　パウル・ティリッヒ　一八八六〜一九六五。ドイツの弁証法神学者
50頁　エイブラハム・マズロー　一九〇八〜一九七〇。アメリカの心理学者
51頁　モーリス・ニコル　一八八四〜一九五三。イギリスの医師、心理学者
51頁　「わたしたちの中にいる時間人間は……」　著者注　Maurice Nicoll, "Living Time", London: Vincent Stuart, 1952
53頁　ラルフ・ワルドー・エマーソン　一八〇三〜一八八二。アメリカの思想家、詩人。超絶主義の提唱者
54頁　J・B・プリーストリー　一八九四〜一九八四。イギリスの小説家、劇作家、評論家
71頁　クリシュナムルティ　一八九五〜一九八六。インド人宗教指導者
71頁　「それはつねに動いている……」　著者注　Krishnamurti, "Commentaries on

Living" 2nd Series, New York: Quest Books, 1967

73頁　P・D・ウスペンスキー　一八七八〜一九四七。モスクワ生まれ。哲学者、心理学者、宗教学者

73頁「自分を思い出すこととは……」　著者注　P.D.Ouspensky, "The Fourth Way", New York: Alfred A. Knopf, 1957

74頁　ユベール・ブノワ　一九〇四〜一九九二。フランス人禅研究家、医師、宗教家

74頁「苦悩とは……」　著者注　Hubert Benoit, "The Supreme Identity", New York: Pantheon Books, 1955

78頁『中国式の癒し方』　著者注　Stephan Palos, "The Chinese Art of Healing", St. Louis: Herder & Herder, 1971

87頁　ジェーン・ジェイコブズ　一九一六〜二〇〇六。アメリカの作家、都市環境運動家

112頁　ゲゼル博士　一八八〇〜一九六一。児童心理学者。ベビー・ドクターとして有名

112頁　スポック博士　一九〇三〜一九九八。『スポック博士の育児書』で著名な小児科医

122頁『わが町』　"Our Town"ソーントン・ワイルダー（一八九七〜一九七五。アメリカの劇作家）の作品

126頁「友人よ……」シェイクスピアの『ジュリアス・シーザー』の中で、アントニウスがシーザーの葬式で演説したときの出だしの台詞

135頁 フィリス・チェスラー アメリカの心理学者、フェミニスト。女性の精神分析の草分け

135頁「どうしたら……」著者注 Phyllis Chesler, "Women and Madness", Garden City, N. Y.: Doubleday & Company, 1972

145頁「わたしには……」『リビング・タイム』から

149頁『ワン・ホス・シェイ』(一八五八)はオリバー・ウェンデル・ホルムズ(一八〇九〜一八九四)の詩。ドロシー・ギルマンの誤解かと思われる

150頁 エピクテトス 五五頃〜一三五頃。ローマ帝政期のストア派哲学者、教師

150頁 シドニー・ジョラード 一九二六〜一九七四。カナダ生まれの臨床心理学者。「人間性心理学」の先駆者

152頁「神が……」著者注 Sidney M. Jourard, "The Transparent Self", Princeton, N. J.: D. Van Nostrand & Co., 1964

153頁 ブラッド・スタイガー 一九三六〜。アメリカの作家

153頁「あんたが……」著者注 Brad Steiger, "Medicine Power", Garden City, N. Y.: Doubleday & Company, 1974

155頁「教科書や……」著者注 P. D. Ouspensky, "A New Model of the Universe",

New York: Vintage Books, 1971

155頁 ウィリアム・アーウィン・トンプソン 一九三八〜。ニューエイジの代表的歴史学者

156頁 「これまで……」 著者注 William Irwin Thompson, "At the Edge of History", New York: Harper & Row, 1971

157頁 エリザベス・キューブラー＝ロス 一九二六〜二〇〇四。スイス生まれ、アメリカで活躍した精神医学者。『死ぬ瞬間――死にゆく人々との対話』（読売新聞社）などの著作がある

158頁 「天にも……」 シェイクスピア『ハムレット』の中でハムレットが親友ホレイショーに語る言葉

159頁 レイノール・ジョンソン 一九〇一〜一九八七。イギリス生まれ。外科医

159頁 「興味深いことに……」 著者注 Raynor C. Johnson, "Imprisoned Splendor", New York:Harper & Row, 1953

162頁 哲学についての素晴らしい本十数冊 著者注 The Fourth Way, by P. D. Ouspensky; Thoreau's Walden; Commentaries on the Teachings of Gurdjieff and Ouspensky (5 volumes), by Maurice Nicoll; Living Zen, by Robert Linssen; Emerson's Essays; Man and Time, by J. B. Priestley; The Outsider, by Colin Wilson; Man's Search for Meaning, by Victor Frankl; At the Edge of History, by

William Irwin Thompson; The Urgency of Change, by Krishnamurti; Man's Emerging Mind, by N. J. Berrill; Toward A Psychology of Being, by Abraham Maslow.

171頁 ロバート・ヘンリー 一八六五～一九二九。アメリカの画家

171頁 「よけいなものを……」 著者注 Robert Henri, “The Art Spirit”, Philadelphia: J. B. Lippincott, 1960

175頁 ガブリエル・マルセル 一八八九～一九七三。フランスの劇作家、哲学者

175頁 「われわれは……」 著者注 Gabriel Marcel, “The Mystery of Being”, Chicago: Henry Regnery Co., 1960

176頁 エウリピデス 紀元前四八五頃～紀元前四〇六頃。ギリシャの詩人

179頁 「女性は……」 著者注 “New York Times”, January 29, 1975

182頁 スザンヌ・ゴードン 現代アメリカのジャーナリスト

182頁 「経済的にも……」 Suzanne Gordon, “Lonely in America”, New York: Simon & Schuster, 1976

195頁 「スカルキャップの花は……」 Mrs. M. Grieve, “A Modern Herbal”, New York: Hafner Publishing Co., 1971

197頁 トマス・モア 一四七八～一五三五。イギリスの人文主義者、政治家、著述家。『ユートピア』の著者

訳者あとがき

わたしが初めてドロシー・ギルマンの作品を訳したのは一九八八年、『おばちゃまは飛び入りスパイ』だった。以来十九年の長きにわたって彼女の作品を訳すことになろうとは夢にも思わなかった。現在、発表されている彼女の作品はほとんど訳し終えている。おばちゃまことミセス・ポリファックスのシリーズが十四作、独立した作品が十五作、ぜんぶで二十九作になる。本書『一人で生きる勇気』はその中で唯一のエッセイで、この作品を読んだとき、どうしても単行本として刊行していただきたいと集英社にお願いした。そしてこのたび、その文庫版が出版されることになり、訳者としてこれほどうれしいことはない。

この間、翻訳本としてはめずらしいほどたくさんの読者からファンレターをいただき、小学生から八十代の方がたにまでドロシー・ギルマンの作品が広く愛されていることを知った。また今回、集英社の文庫三十周年の節目に、ギルマンの作品が装丁も新たに再刊行されることが決まり、ドロシー・ギルマンの大ファンといわれる作家の川上弘美さんと対談する機会に恵まれた。川上さんはギルマンの作品をすべて読んでおられ、ギルマンの楽しさだけでなく、行間に現れる孤独や虚無感も読み取っておられた。わたしはぜひともこのエッセイを読んでいただきたいとお勧めした。というのも、これは単行本で出版したために川上さんのお目に留まっていなかった唯一の本だったからである。もしかして、読者の皆さんの中にも、同じ理由でこの極上のエッセイを見逃している方がおられるかもしれない。ドロシー・ギルマンのファンなら、きっと読みたくなるような、宝物がいっぱい詰まっている作品である。

以下の文章は、今回文庫化するに当たって、二〇〇三年に刊行した単行本の訳者あとがきに手を加えたものである。

一九七八年に原作が出版されているこのエッセイを訳すのが、たくさんのギルマン作品を訳したあとのいまでよかったと思う。というのも、この本はある意味で、ドロシー・ギルマン作品の仕掛け、魅力を解き明かすものだからである。ドロシー・ギルマンが登場人物を通してではなく、直接に自分の声で、考え方や生き方を語っている。ギルマンの全作品を訳してきたわたしが初めて聞く彼女の生の声だ。それは意外にも野太く、いままで訳してきた若い女性や少年を主人公にした作品や、明るいミセス・ポリファックスとは少し印象がちがう。人生の喜びも悲しみも体験してきた生身の人の太く暖かい声で、まっすぐに語りかけてくる。原作を読んだとき、わたしはその声を心で聞き、いままで知りたかったたくさんの事柄に答えを得たような気がした。そんな感じが損なわれずに翻訳文にもあらわれることを願う。

多くは語られていないが、親に認められなかった子ども時代の経験が、子どもや若い人たちの傷つきやすい心に寄せる彼女の共感や同情の源となっているらしい。子どもへの思いやりは、ドロシー・ギルマンの作風の基本的な要素の一つで、その背景がこのエッセイで初めてかいま見える。

彼女の作品に共通するテーマ、人に優しく接すること、愛することの大切さ、子どもの心を大事にすること、自信喪失や自己否定などの感情と向き合うことの大切さなどが、頭で作り上げたものではなく、経験に基づく信念であることがわかる。ドロシー・ギルマンは自身の作品によく登場する善良で明るいだけの人ではなく、つらいこと、悲しいことを栄養にして強くなった人なのだということもわかる。自殺寸前まで追いつめられた絶望感と闘い、今日一日、もう一日とカレンダーに印をつけて生き抜いた人なのだと知って、いままで作品の中にときおりあらわれた死の影が見え隠れするような印象は当たっていたのだと、わたしは納得するところがある。

本書で初めて、ギルマンが幼い子どもを連れて離婚したことや、小説を書いて女手一つで二人の息子を育て上げたことが明かされる。そして下の息子が大学に入って家を離れたとき、彼女はニューヨーク近郊からカナダの東北部にあるノヴァスコシア州の海岸の漁村に引っ越した。理由は都会生活に疲れたため、と彼女は本書の冒頭で打ち明けている。「ぴったりした言葉がみつかるまでとりあえず文明症候群とか社会恐怖症とか呼んでおくことにする」と彼女は表現しているが、そのような精神状態から恢復したいと強く願って、一九七〇年代のある年、わずか数冊の本を抱えてギルマンはその村（本の中では仮名でイースト・タンブリルと呼ばれる）に一人で移り住む。

この本は、ギルマンが新しい土地で気候の変化に一喜一憂しながら、ハーブや野菜を育て、瞑想し、村人と飾らないつきあいをしていくうちに、精神的なたくましさと健康を得て、一人で生きる勇気をもつに至るまでを書いたものである。

新しい土地に移り、一人になってみて、ドロシー・ギルマンが最初に感じたのは、赤裸々な孤独感と恐怖だったという。否応なしに自分自身と向き合うことになったと本書にもあるとおり、その土地で彼女は自由と孤独の両方を一挙に手に入れる。そして自分を知るための時間もたっぷりと。見知らぬ土地で始めた一人暮らしで、彼女は自分が恐怖を抱いていたのは、見知らぬ土地ではなく、一人で暮らすというそのこと、いままで先送りにしてきた自分自身と向き合うことだったと気がつくのである。

土を耕し、種を蒔いて畑を作りながら、彼女は学んだことをどんどん栄養にしていく。そこで得た知恵と経験が、さまざまな作品に反映されていることがわかって、わたしは訳しながらひざを打って笑いだしたくなるようなことがしばしばあった。

たとえば、いかに生きるべきかと悩む姿は『古城の迷路』のコリン、庭にハーブを植え畑を耕す姿はわたしの大好きな『クローゼットの中の修道女《シスター》』、一人の恐怖、実感のなさにおびえるのは『メリッサの旅』のメリッサ。なにより、なにげないところに人間の善なる心を見いだす、その積極的な生き方はギルマンの代表作『おばちゃまシリーズ』のミセス・ポリファックスにそっくりではないか。

またこのエッセイは、アメリカ社会における女性差別や偏見、それに対するギルマンの憤慨が率直に吐露されている点でも、彼女のほかの作品とは異なる。彼女自身はユーモアをもってやり返しているようだが、結婚していない女性、離婚した女性、女手一つで子どもを育てる女性を社会が冷遇することに、ギルマンは正直、怒っている。また、女性運動に冷笑的な女性たちに対しては、ギルマンは驚きと落胆を隠さない。「女性に対する差別に鈍感だなんて、あなたはいったいどこに住んでいたというの?」（アメリカに住んできたのなら、女性に対する差別を感じなかったはずがない）と憤る。

自分の足で立つことの大事さを知っているからこそ、たとえば『伯爵夫人は超能力』の中で、マダム・カリツカに手を〝読んで〟もらいに来る、夫に頼って生きる若い女性たちに「いちばんのお薬は仕事よ」と言い、「仕事はつねに人の精神にとってよいものですから」と言えるのだろう。このエッセイにも、仕事をして子どもを育て上げ、自分の生活を築いてきた人間のたくましさ、自負心がある。ギルマン自身、仕事は自尊心の土台であり、人間の尊厳を保持させるための大切なものの一つと実感しているのだと思う。

読書家であることにも驚く。ギルマンにとって本は知識の源であるのみならず、具体的な行動の手引きであり、人生の道案内でもあるようだ。彼女が読んだ本を紹介するとき、心からの共感と、学んだ思想を自分の人生の中で試してみたいという生きいきとした好奇心が感じられる。そして、その態度、人生を十全に生きようとする生命力こそ、ギルマンがノヴァスコシアで土を耕すことであらためて手に入れたものにちがいない。

ドロシー・ギルマンの心の軌跡を記したこのエッセイが、たくさんの人に勇気を与えるものになることを願ってやまない。

柳沢由実子

二〇〇七年二月

自由の鐘

ドロシー・ギルマン　柳沢由実子・訳

一七七二年の冬、少年ジェッドは母亡きあと、イギリスから船で当時の植民地アメリカに連れてこられた。独立戦争勃発で右往左往する大人たち。そのなかで、ジェッドは自由の意味を考え、新しい生き方をみつけていく。

集英社文庫・海外シリーズ

ファインダーの中の女

アラン・ラッセル　佐藤耕士・訳

国際的スターの道ならぬ恋をカメラに収めたために、二人を死に追いやった暗い過去をもつカメラマンのグラハム。セレブ専門に狙うのをやめたものの、謎の組織からの脅迫。やむなくハリウッドの仕事に復帰したが……。

約束の旅路

ラデュ・ミヘイレアニュ　アラン・デュグラン　小梁吉章・訳

一九八四年、極秘裡に決行された「モーセ作戦」。エチオピアのユダヤ人がイスラエルに移住させられるなかに、自らの人種を偽った一人の少年がいた。やがて医師となった彼が、難民キャンプで目にしたものは……。

クッキング・ママの遺言書

ダイアン・デヴィッドソン　加藤洋子・訳

憎き元夫が亡くなり、ゴルディは心おきなくケータリング業に精を出していた。ある夜、若き隣人のダスティに頼まれて、法律事務所へ注文を届けに行ったら何かにつまずいて……なんと、それはダスティの死体だった！

集英社文庫・海外シリーズ

容疑者（上・下）

マイケル・ロボサム　越前敏弥・訳

全身に二十一箇所の刺し傷を負った女の死体。犯人像の分析を依頼された臨床心理士ジョーは、被害者がかつて自分と関係があった患者だと気づく。そして犯人は彼でしかあり得ないという証拠が次々と明るみに出て……。

ドクター・ヘリオットの素晴らしい人生（上・下）

ジム・ワイト　大熊　榮・訳

世界一有名な獣医ドクター・ヘリオットの素顔を、最も身近で接し、後を継いだ息子が素晴らしい思い出とともに綴る伝記の決定版。ヘリオット先生のラブレターやプライベート写真も満載。ヘリオット・ファン必読の書！

風の影(上・下)

カルロス・ルイス・サフォン　木村裕美・訳

「忘れられた本の墓場」で少年ダニエルが手にした一冊の本、『風の影』。この本の謎を探るうちに少年は、『風の影』の作者と自分の運命が、同じ軌跡を描いていることに気づく。世界的大ベストセラー!

集英社文庫・海外シリーズ

シャーロック・ホームズの愛弟子

公爵家の相続人

ローリー・キング　山田久美子・訳

ホームズとメアリがパレスチナで知合った密偵は実はイギリスの名門貴族だった。そして今、継承を巡る陰謀にまきこまれているらしい。壮麗な屋敷に向かったふたりは一族のある悲劇的な死を知り、陰謀を暴く決意をする。

ひと夏の旅

ドロシー・ギルマン　柳沢由実子・訳

孤児院で育った13歳のジェニー・マーガレット。ある日、おんぼろのバスを運転して現れた父親ジェレミーと一緒に、ひと夏の旅に出ることに。次々とワケありな同行者が加わったところに、ある事件が起きる……。

集英社文庫

一人《ひとり》で生《い》きる勇気《ゆうき》

2007年3月25日　第1刷　　定価はカバーに表示してあります。

著　者　ドロシー・ギルマン
訳　者　柳沢由実子《やなぎさわゆみこ》
発行者　加藤　潤
発行所　株式会社 集英社
東京都千代田区一ツ橋2-5-10　〒101-8050
電話　03-3230-6094（編集）
03-3230-6393（販売）
03-3230-6080（読者係）
印　刷　中央精版印刷株式会社　株式会社美松堂
製　本　中央精版印刷株式会社

フォーマットデザイン　アリヤマデザインストア　　マークデザイン　居山浩二

ISBN978-4-08-760525-9 C0197